金子兜太

俳句を生きた表現者

井口時男

藤原書店

金子兜太　目次

金子兜太

俳句を生きた表現者

一　はじめに——金子兜太論の方へ

本書の中心である三章から六章は、「前衛兜太」と題して雑誌「兜太 TOTA」創刊号から第四号まで連載した文章に大幅に加筆したものだが、はじめに、それとは別に書いた短めのエッセイを三篇紹介しながら、長く文芸評論を続けてきた私が思いがけず金子兜太論を書くことになったいきさつも簡略に語っておこうと思う。

1 「東北白い花盛り」

私が金子兜太について書いた最初の文章である。二〇一三年の二月に書いて、私の数少ない知友だった室井光広――芥川賞受賞作家であり、また、『ドン・キホーテ』やボルヘスや柳田国男を縦横に語る批評家でもあったが、二〇一九年九月に急逝した――が主宰していた冊子「てんでんこ」の第二号（一三年五月発行）に載せたものだ。

「てんでんこ」は福島県南会津地方の出身だった室井氏が前年に創刊した小冊子。誌名は一一年三月十一日の大津波後に話題になった東北地方太平洋沿岸部の言い伝え「津波が来たらてんでんこで（各自めいめいで）逃げろ」を踏まえて、文学はもともと群れ（党派性）や社交性とは無縁の各自めいめい単独の実践なのだ、という意味を含意させたものだ。

実は最初に室井氏に送った原稿はその前年から作り始めた初心の俳句二十句ほどだった。それも「隠遁」後の私の近況報告として同誌のコラム欄に載せてもらうつもりだったのだが、氏から折返し、俳句は「作品」として載せるから代わりのコラムも書いてくれ、とのこと。おかげで初めて我流俳句が「作品」として扱われたわけだが、そこで急いで書いたのがこの短いエッセイである。

「東北白い花盛り」

金子兜太には好きな句が多い。その一つ。

人体冷えて東北白い花盛り

東北の遅い春の景だ。白い花はリンゴの花か。花盛りは豊作を予祝する。しかし、「人体冷えて」が尋常でない。冷えたのは語り手自身の身のはずだが、「人体」という日本語は特定の誰の身体をも指すことがない。それはものとして突き放された「人間一般」の身体である。そういう「人体」は解剖学的なまなざしの相関物としてしか顕《た》ち現れない。つまり、この「人体」はすでに半ば死んでいる。現にそれは「冷えて」いる。半ば死者となった語り手のまなざしに映る風景であればこそ、この東北はかくも美しい。敗者の国、死者の国、他界としての東北。東北を思うたびにこの句を思い出す。

一昨年の秋、学生時代を過ごした仙台に仕事で招かれて行った際、松島に住む旧友の車で、閖上《ゆりあげ》、東松島、塩釜と、津波に襲われた海岸ばかりを訪れた。期せずして、大震災からちょうど半年後の九月十一日だった。

小雨もよいの黒ずんだ空の下で黒ずんだ海は穏やかだった。人々の暮しのいっさいが攫《さら》われた後ののどの海辺でも、ぽつりぽつりと点在する黄色い花のわずかな群生だけが唯一の色彩だった。罅《ひび》割れたコンクリートの護岸や潮の溜まった窪地の傍にそれは咲いていた。やや赤みがかった黄の細長い花弁を一重の輪状に付けた丈高いその一群《ひとむら》。

帰宅してネットで調べてみた。記憶の映像に一番よく似ていたのはオオハンゴンソウだった。もっとも、ネット上の写真はどれもやや花弁の数も少なく赤みも足りないように思われたのだが。

大反魂草。外来種で繁殖力も強いという。在来の反魂草に似て大型なのでこの名が付いたらしい。

「反魂」はむろん、死者の魂をこの世に反《かえ》すことだ。大津波の傷の癒えぬ海辺に唯一開いた花の名である。

実はこのエピソードはあちこちに書いた。だが、大反魂草という名にこだわっているのはどうやら私だけらしい。

してみると、やはり私は花の名を調べ間違ったのかもしれない。それなら大反魂草は私の記憶の風景だけに咲く花の名なのかもしれない。しかし、調べ間違ったとしたらその間違いも含めて、私は東北という他界の物語を経巡っていたことになる。

いや、東北が他界だというのではない。そこは春には白い花が盛り秋には黄の花がたくましく群生する土地だ。顕ち現われる世界は私の意識の相関物である。四十年ぶりに訪れた時から、私の意識は半ば「向う側」に入り込んでいたのだろう。現に、海風に吹かれ小雨に濡れて佇む私の身は少しばかり冷えていたようだった。

大震災と大津波に際して、兜太が

津波のあとに老女生きてあり死なぬ　（句集『百年』）

被曝の人や牛や夏野をただ歩く　（同）

などと詠んでいたことを私が知るのはずっと後のことだ。

以後、年二回発行の「てんでんこ」には毎号俳句とコラムを載せ、眼をとめてくれた深夜叢書社社主齋藤愼爾氏の誘いの言葉を奇貨として、二〇一五年十月に初の句集『天來の獨樂《こま》』を上梓し、このエッセイも収録した。さいわい毎日新聞の書評欄で取り上げられるなどして評判はよかったようだが、句集が売れたわけではなさそうだ。

もとより「俳壇」とはまるで無縁の身、俳句関係者への献本リストは齋藤氏に作ってもらった。意外に多くの人から礼状が届いたのには驚いた。

思いがけず金子兜太からも一枚の葉書をいただいた。「天來の獨樂とは夢のごとき詩境よ」と黒のサインペンで強く記され、その下に「金子兜太」と大柄の立派な署名があった。

2 「兜太三句」

さらに後日、『天來の獨樂』を読んでくれた黒田杏子さんから、藤原書店で編集中の単行本のために金子兜太に関するエッセイを書いてほしい、と依頼を受けた。それが『存在者 金子兜太』（二〇一七年四月刊）に載せた次の文章「兜太三句」（のちに句集『をどり字』にも収録）である。

なお、冒頭部に引用しているのは「図書新聞」二〇一三年三月十六日号に掲載した『毒虫ザムザ』として書くこと／語ること」（のちに『大洪水の後で——現代文学三十年』に収録）の書き出しである。

書いたのは「東北白い花盛り」の直後だったが、こちらが先に公表された。つまりこの引用部が、金子兜太の名に触れた私の初公表の文章だということになる。

「兜太三句」

好きな句について語るのはたのしいし、金子兜太にも好きな句は多い。だが、たのしみはあとに回してあえて裏口から入ってみる。

定型の恩寵はいつも呪縛に似ている。あるいは呪縛は恩寵に似ている。

五七五という定型がある。芭蕉は凡兆に「一世のうち秀逸三五あらん人は作者、十句に及ぶ人は名人也」と語ったというが、それなら俳句の世界は死屍累々たる駄句凡句の山だろう。実際それは、句集と称する書物を開きさえすれば一目瞭然のことだ。だが、定型の恩寵を信じ切っている限りにおいて、この死屍どもは一様にあられもない恍惚の表情を浮かべて死んでいる。この痴呆的な死に抗うことなしに現代の俳句作者たることはできまい。しかしそれは恩寵を失うことである。

たとえば私は現代の俳句作者たる金子兜太に感嘆を惜しまないが、兜太の累々たる死屍どもは、恍惚にいっさい与かることなく、まったく無様に死んでいる。しかし、この失寵の死によらなければ現代の作者である証が立たない。それが俳句という定型の世界のようだ。

——実はこれは四年ほど前に『中上健次集』全十巻（インスクリプト刊）の刊行開始に寄せたエッセイの書き出しである。だから本文は、「物語もまた定型である」とつづいて、中上健次の恩寵と失寵のドラマへと転じていく。俳句も金子兜太も置き去りだ。いってみればただのマクラ扱い、いきなり因縁をつけたまますさっさと歩み去ったようなものだ。無礼きわまりない。この機会に少しだけ補足しておきたい。

その名に「兜」の一字を負った彼は、「前衛俳句」の驍将《ぎょうしょう》として、たった十七音で世界と闘い、敵を強引に捻じ伏せようとした。世界とはただの風景でなく、俳句作者の生をも拘束する歴史的かつ社会的な現実であり、敵とは現実との真っ向勝負を回避して自然詠に籠城する伝統俳句観だった。その野望達成のために言葉は暴力的に酷使され、傷つき歪んで異形の相を呈した。だが、十七音が相手取るには世界はあまりに巨大かつ複雑であり、敵城は難攻不落で補給路も四通八達して断ち難い。「前衛」の戦場は死屍累々である。だが、無念無惨の形相にもかかわらず、刀折れ矢尽きるまで戦って果てた者たちの死にざまは痛快だ。「万骨枯る」この戦場を吹き抜けるのは蕭条たる秋風でなく真夏の熱風なのだ。──私はそんなことが言いたかったのである。

塚本邦雄はいみじくも書いていた。「言葉によつて毆りあるいは毆られ、組み拉《ひし》ぎあるいは組み拉がれる快感を味はへることを立證したのは彼を以て嚆矢とする」(『百句燦燦』)。たしかに、見事に世界を捻じ伏せ敵を組み拉いだとき、金子兜太の句の颯爽たる際立ちは他を圧倒する。なかでも私がぜひ語りたい兜太の句は三句あって、この三句の地位は以前から私の中で動かない。

まず、

霧の村石を投《ほう》らば父母散らん　(句集『蜿蜿』六八年刊)

もう四十年も昔、高校の教員になりたてのころ、或るアンソロジーで初めて知った兜太の句がこれだった。以後、中村草田男の〈蟾蜍《ひきがへる》長子家去る由もなし〉とともに、故郷や家というものを思うたびに思い出す。当時の私が草深い父母の村に帰るべきか否か迷いつづけていたからだが、そういう私的な思いを超えて、私自身を含めたあらゆる出郷者にとっての「村」というもの、「父母」というものの原イメージとして、凝縮された詩的定義のように、心に刻まれたのだった。

語り手はどこか高い位置から「霧の村」を見下ろしている。高等教育を受けた、もしくは都市の華やかな文化を身に着けた、つまりは近代の出郷者たちが獲得した虚空の〈もしかしたら虚妄の〉位置だ。そのまなざしが、無知と貧困の中にある「村」と「父母」とを、あたかも〈穀象の群を天より見るごとく〉(西東三鬼)に、見下ろすのである。だから彼は想像の石を憎しみをこめて攻撃的に投げるのではなく、軽く戯れのように「投《ほう》る」。憎悪は相手と対等の地平に立つが、この戯れは自己の優位を前提とするゆとりの行為だ。そのとき「父母」は穀象虫のようにわらわらと散るだろう。

だが、語り手は実際に石を「投《ほう》る」わけではない。深い霧のような無知に視界を閉ざされたこの村で、「父母」たちは戦争という石が放り込まれた時にもわらわらと散ったろう、敗戦の報にもわらわらと散ったろう。そうでしかありえなかった「村」というもの、そこに生きるしかなかった「父母」というもの、これからもそうであるかもしれないものたちへの、その末裔たる出郷者のやるせないような「思いやり」としての「想像」である。

言い添えれば、秩父生れの兜太には率直愛すべき〈曼珠沙華どれも腹出し秩父の子〉があるが、長崎時代には〈華麗な墓原女陰あらはに村眠り〉という句もある。陽に照り映えているのだろうか、先祖代々の眠る墓地を「母なる」土地の聖所にして急所である「女陰」に見立てたのだろう。だが、墓地は死への通路、「女陰」は逆に生への通路、しかもその隠し所が「華麗」に「あらは」に露出しているのだ。荻原井泉水の〈陰《ほと》もあらはに病む母見るも別れか〉では隠し所を無防備に露呈した母は死に瀕している。一方、兜太の句では「華麗な／墓」「墓／女陰」「女陰／あらは」「あらは／眠り」と、いくつもの互いに矛盾する語彙が連鎖して意味を一方向に収束させない。思えば、「女陰＝陰《ほと》」は、「母なる」大地の女神イザナミが黄泉の国の女神に変じたように、すべての生命の源泉であるとともにすべてが死において再び呑み込まれていく場所なのでもあった。矛盾は「前衛」の表現いじりから発生するのでなく、そもそも生と死が同居する「女陰」の機能に含まれているのである。もちろん「村」もまた、死者と生者が同居する土地なのだ。

次はその長崎時代の句から、

彎曲し火傷《かしょう》し爆心地のマラソン　（句集『金子兜太句集』六一年刊）

いきなり殴られたような衝撃を受けた。何よりイメージが驚異だった。俳句でこんなことができるのか、と圧倒された。

彎曲しているのは陽炎ゆらめく炎天下のランナーの列でもあろうし、暑熱と疲労で傾ぎよろめく個々のランナーの歪んだ姿態でもあるだろう。その背後に被爆直後の被災者たちの映像がダブる。

句は十七音に二音多いだけの計十九音だが、内在律は九（五・四）・六・四。すさまじい破調である。戦後の金子兜太には五・七・五の伝統律が天皇制の秩序と重なって見えた一時期があったはずだが、しかし、彼の句のあまりに平然たる破調ぶりを見ていると、実のところ、ひょっとしてこの伝統律の力を甘く見すぎているのではないか、と私はひそかに疑うことがある。俳句にあっては、十七音が定型ではなく、あくまで五・七・五が定型である。五・七・五を破るためには、伝統律に拮抗するほどの強度を持った独自の内在律を作り出さなければならない。世界を捻じ伏せるよりも五・七・五を捻じ伏せることの方が難しいかもしれないのだ、とさえ思う。

だが、この句は絶対に破調でなければならない。それも大破調でなければならない。大破調でありながら、各部が意外な飛躍を含んで連接し、しかも緊密な構成を保っている。イメージの迫力で押し切っただけでなく、「火傷」を音読みしたことで最長部の九音が「ワンキョク」「カショウ」と硬質の響きで結合されているからだ。

もう一句は、

人体冷えて東北白い花盛り　（句集『蜿蜿』六八年刊）

この句については句集『天來の獨樂』に収めた短文で一度書いたのだが、私にとっての兜太の三句として絶対にはずせない。補うようにもう一度書く。

「白い花盛り」のこの東北が夢のように美しいのは死者のまなざしに映った死後の景だからだ、これは死者の国・敗者の国としての東北の原景なのだ、しかも「花盛り」は死者への手向けばかりでなく、死者の国自体のよみがえり（黄泉還り）の徴でもある――肌寒い早春の東北太平洋岸を襲った大震災と大津波を思い出しながら、私はそう書いた。

いっさいは「人体」の一語にかかっている。「人体」とは、解剖学的な視線によって対象化された、人間一般の、それゆえ誰のものでもない、ほとんど死物としての身体である。しかも「冷えて」いる。こんな身体像は金子兜太にあってことさら異例のことだ。

金子兜太には身体性に焦点を当てた句が多い。精神は「詩」を志向するが、「詩」ならざる「俳」は身体に照準する。ものを食い、排泄し、まぐわい合って生命をつないできた身体こそは人間の悲惨と滑稽の座、裸に剥かれたいのちの裸形そのものである。

だから兜太の句では、女たちは「陰《ほと》」を湿らせ男たちは「まら」を振りたて〈ああ、中上健次の男女もそうだった〉、夕陽さえも「空の肛門」となり婆は岩場で「尿《しと》」し西行法師も「野糞」する。〈馬遠し藻で陰《ほと》洗う幼な妻〉〈まら振り洗う裸海上労働済む〉〈蛙食う旅へ空の肛門となる夕陽〉〈波荒き岩場に尿《しと》し柔らぐ婆〉〈大頭の黒蟻西行の野糞〉すべてがいのちの讃歌である。

なかでも圧巻は『暗緑地誌』の「古代胯間抄」十一句だ。〈泡白き谷川越えの吾妹《わぎも》かな〉と始まり、「吾妹《わぎも》」の「恥毛《しもげ》」を詠み「陰《ほと》しめる浴み」を詠み「張る乳房」を詠んで、絶頂は鯉どもの映像に転じて〈谷に鯉もみ合う夜の歓喜かな〉と詠む。このふたりを谷川に降り立ったイザナギ・イザナミのようだといったってかまうまい。ヤマトの公定神話では万物の「父母」たる二神はちゃんと中央のオノゴロ島に天降ってセキレイに「交の道《とつぎ》」を教わったが、秩父生れの金子兜太の非公定の神話では、うっかり降臨場所を間違えたちょっと愚かな二神はどことも知れぬ辺陬《へんすう》の谷間で鯉のもみ合う姿をまねてまぐわいの歓喜を知ったのだ。

金子兜太の身体は生と欲望のマグマに突き動かされていつでも熱く活動している。だからこそ冷えた「人体」は異例であり、その冷えが感応して描き出した「白い花盛り」の東北の景は、まるで大津波以後の東北への鎮魂と再生の願いを先取りしていたかのように、私の心によみがえった（黄泉還った）のである。

3　「金子兜太とドストエフスキー」

「兜太三句」がまた縁になって、黒田さんに誘われて最晩年の金子兜太の謦咳に数度接することとなり、そのうち一度は熊谷の御自宅に伺った。黒田さんをはじめ同行諸氏が「専門的」な質問を出される中で、私が質問したのはたった一つ。高校時代のドストエフスキー「乱読」体験のことだった。以下は藤原書店の「機」第三二三号（二〇一九年二月発行）に載せた文章である。

「金子兜太とドストエフスキー」

二〇一七年十二月十三日、総勢六人で熊谷の御自宅を訪問した際のインタビューが雑誌「兜太 TOTA」創刊号に載っている。金子兜太の語りにすっかり魅了された半日だったが、そこで氏は水戸高校時代のドストエフスキー耽読体験を語っている。質問したのは私である。

朝日文庫『現代俳句の世界14　金子兜太 高柳重信集』巻末略年譜の一九三九（昭和十四）年、二十歳の項に、「ドストエフスキーの小説を乱読」とある。金子兜太とドストエフスキーとは意外な取り合わせ。しかも読書体験の記事はこれ一つ、まるで特記事項のように記されている。ところが、氏の回想記のあれこれを読んでもドストエフスキーの名前はいっこうに見当たらず、ずっと気になっていたのだった。

『罪と罰』が「乱読」の始まりだったそうだが、当時柔道部に所属していたので「ドストエフスキーというとすぐ柔道を思い出す」と言って氏はこう続けた。

「柔道の寝技、水戸高は寝技ですからね。それでズボン履いてね、やるでしょう。ズボン履くときに、下に履くふんどしも何も全部取っちゃうんですよ。もうこれがぶらぶらしている状態で、ふんどしを履かないから、それで四方固めってこうなって、相手の顔はちょうどこの股ぐらに来るんですよ。こうやってやるでしょう。そのときの感触なんていうのはね、妙なものですよ」。

下ネタ風味の語り出しに唖然としながら、実は内心、氏が笑い話にしてはぐらかそうとしているのではないか、と疑った。八十年も昔の若年の日の読書体験など、あらためて語るのは誰だって照れくさかろう。しかもドストエフスキーである。だから「それがドストエフスキーですか」と念を押してみたのだが、氏はやっぱり寝技で押さえ込まれている屈辱状態の思い出を繰り返すのである。

それで私は、『罪と罰』でも心理的な堂々めぐりの地獄みたいなものがある」「こんなドストエフスキー論を初めて聞きましたよ」「この上ない屈辱という状態は、ドストエフスキーです」と矢継ぎ早に合いの手を入れて、「なかなか言ってもわからなかったんですけど、あんた〔井口〕は天才ですよ」というお褒め（？）の言葉もいただくことになる。

だが、二度と質問できない今となっては、あのとき合いの手が早すぎたのではないか、私は早わかりしすぎたのではないか、もっとゆっくり氏の語りを待つべきだったのではないか、関連して聞くべきことも多かったのに、などと少し悔やんでもいるのである。

ともあれ、一九三九年、小林秀雄の『ドストエフスキイの生活』が出版された年である。そして、それに先立つ小林の『罪と罰』について」（三四年）こそ、ラスコーリニコフの「心理的な堂々めぐりの地獄」に焦点を当てた論だったのだ。だが、それはあくまで「心理的な」、つまりは意識の内部にとらえられて外界（倫理）を見失った青年の不幸な意識の「地獄」である。同じころ、獄中でドストエフスキーとカント哲学から構想したという埴谷雄高の長篇小説『死霊』の中心にある「虚体」という観念も、肉体という「実体」に対する意識というものの存在様態のことにほかならなかった。

つまり、小林（〇二年生）や埴谷（〇九年生）という年長者にとってさえ主として意識（心理）の問題だったドストエフスキーの「地獄」を、臭い股ぐらを顔に押し付けられて身動きならない屈辱的な体感と結びつけた兜太青年の感受の仕方はまったくユニークなのだ。それはいかにも「肉体」の人・金子兜太にふさわしく、しかも、スヴィドリガイロフ（『罪と罰』）やスタヴローギン（『悪霊』）が体現しているドストエフスキーのもう一つの「地獄」の生々しさに、たしかに通じているのである。

一九三九（昭和十四）年は日中戦争（支那事変）開始二年目、すでに盛んに句作を始めていた時期だった。はたしてこれが二十歳の兜太青年のありのままのドストエフスキー体験だったのか、それとも八十年近い歳月をかけて心中で再編された記憶だったのか、わからない。だが、金子兜太においては、意識（自意識）さえも肉体を介して、肉体とともに、作動するのだ、と思えばまことに興味深い。そしてまた、もっぱら健康な生命力の根源として主題化される金子兜太の肉体が、ここでは、青年期の病み鬱屈した精神の暗部とも通底していたらしいことさえうかがえて、やはり興味深いのである。

ちなみに、句集『少年』の「東京時代」の章は「昭和十五年―十八年」、水戸高校卒業から東京帝大時代の句を収めているが、そこには、やはり、閉塞した時代の青年の孤独と苛立ちをうかがわせるこんな句が見られる。どちらの句でも、対象へのまなざしがそのまま自己へのまなざしとして自意識的に反転してくるため、出口がないのだ。後年の兜太がほとんど作らなかったタイプの句である。

貨車長しわれのみにある夜の遮断機
かんな燃え赤裸狂人斑点《しみ》あまた

ともあれその日、午後に伺った我々は冬の日がとっぷり暮れるまでお邪魔したのだが、ほとんど疲れを知らぬげに、氏は終始快活に話し続け、心から愉快そうに笑い、しまいには朗々たる秩父音頭も披露してくれたのだった。

兜太笑ひ兜太唄ひ日短し　　ときを（『をどり字』）

その三カ月後の二〇一八年二月二十日、金子兜太逝去。九十八歳。私が一報に接したのは二十一日の朝、午後には雑誌創刊に向けての会議が予定されていた当日だった。
そして同年九月、予定どおり藤原書店から雑誌「兜太 TOTA」創刊。故人の名をそのまま誌名とした上に、「名誉顧問：金子兜太」である。こうして、編集主幹・黒田杏子、編集長・筑紫磐井のその雑誌に、横澤放川、橋本榮治、坂本宮尾の諸氏と並んで私も編集委員として名を連ねることになったのだった。黒田さんが兜太精神の血脈に連なると判断した諸氏のこと、会議には「俳諧自由」の空気が漂っていて心地よかった。

「編集委員」の肩書はもらっても私にできることなど何もないから、僭越ながら、兜太論を書かせてもらうことにした。文学においては真剣な「批評」だけが死者を追悼し顕彰するための正しい礼法なのだ、とは文芸批評家の変らぬ信念である。

二　前衛前史——生立ちから社会性俳句まで（年譜に代えて）

金子兜太が俳句の世界で「前衛」と称されるのは一九六〇（昭和三五）年前後からである。私が前章の「兜太三句」で取り上げた三句もすべてこの時期のものだ。

以下、「前衛」と呼ばれるに至るまでの金子兜太の「前史」を、多数の回想談や回想記などを参照しつつ、関連する俳句も紹介しながら、概観しておく。何しろ長寿を全うした金子兜太のこと、その「前史」は百年もさかのぼるのだ。

なお、三章以後の本文ではもっぱら西暦だけで押し通すが、略年譜を兼ねる本章の記述では、大正、昭和、平成の三代にわたった金子兜太の一生に敬意を表して、西暦を中心にしながら時々元号もさしはさむことにする。

1　秩父と父母と

金子兜太は一九一九（大正八）年九月二十三日、埼玉県秩父の小川町に生れ皆野町で育った。兜太という名は豪放な句柄によく似合って俳号めくが、本名である。また、後年の兜太は、西暦「一九一九」を「一句一句」と洒落て、「生れたときから句づくりを運命づけられているのだ」（『わが戦後俳句史』一九八五年）などとおもしろがって吹聴もした。

厳密には、二歳からの二年間は父親の勤務先である上海で暮したのだが、その異国体験は回想記などであまり重視されていないようだ。幼なすぎたこともあろうし、後年の兜太がそれだけ秩父に深く同一化《アイデンティファイ》していたということでもあろう。

　私は秩父で育った。外秩父の山を越えて平野にでると、しばらく丘陵地帯がつづくが、そこにある小川町で生れ、戦争で南の小島にゆくまで、秩父の皆野町で育った。中学は熊谷中学で、電車で一時間くらいかかる。そのごは県外の学校に学んだが、休暇にはかならず帰って、土蔵のなかで寝起きしていた。夏は荒川で泳いだ。秩父は、まぎれもなく私の故郷である。

（「秩父山河」一九七二年）

人は風土を離れて初めて風土の「意味」を知る。兜太が熊谷中学の四年から五年にかけて秩父困民党について調べ、古老の聞き書きをまとめて校友会雑誌に発表したというのも、その現れだったかもしれない。それまで土地の伝承の中で断片的に語られる「秩父騒動」「暴動」「暴徒」であった事件が、このとき社会史的「意味」を有する「困民党」になったのである。
兜太の回想の中の秩父は、もっぱら「暗い山影」であり、人々の貧困であり、山国ゆえの激しい労働が培った気性の荒さであり、冬の「屁くらべ」や夏の盆唄の露骨卑猥な文句にでも託して解放するしかないほどの閉ざされた土地の屈託だった。

エッセイ「秩父山河」では、「秩父に住む人たちは誰でも、山影からのがれることはできない」と書いてこう続ける。「その山影は、すぐそばの山ばかりではなく、県境の峯々にいたるまで、幾重にも重なっているのである。子供の私は、夢に、いちばん遠い峯の影を感じて、それに向って歩いていったことがある。そこに着けば、影は消えて光ばかりがあるのだとおもったのだろうか。しかし、そこまでゆかないうちに眼がさめてしまった」。

曼殊沙華どれも腹出し秩父の子　（『少年』）
山脈のひと隅あかし蚕のねむり　（同）
暗し山影銀鈴の瀬を葬《はふ》り人　（『暗緑地誌』）
沢蟹・毛桃喰い暗み立つ困民史　（『早春展墓』）

父親の元春は皆野町の開業医だったが、伊昔紅《いせきこう》の号を持つ俳人でもあって、一九三一（昭和六）年に水原秋桜子が主宰誌「馬酔木」に「自然の真と文芸上の真」を書いて「ホトトギス」を離脱した際、ただちに同調して「馬酔木」の秩父支部のような集まりを作り、地域俳壇の中心になった。また彼は、昭和初年に、秩父音頭の復興や歌詞の改良に携わって大きな功績を残した。すなわち地元の名士にして文化人である。兜太が『遠い句近い句――わが愛句鑑賞』（一九九三年）で引用している伊昔紅の句を三句。

柳絮帽子につきて飛ばんとす
往診の靴の先なる栗拾ふ
谿の朴秀でて見ゆれ日向ぼこ

しかし彼は戦時中は好戦的な言動が目立ち「徹底した右翼で翼賛会関係の任務に熱心だった」（『語る兜太』）。「家族国家」を標榜した天皇制下の典型的な「家父長」だったともいえようし、丸山真男が『現代政治の思想と行動』でいうところの、日本の超国家主義を各地域で支えた「地方的指導者」の一典型だった、ともいえよう。彼は地域住民を束ねて国家に「翼賛」したのである。

彼は一九七七（昭和五十二）年に八十八歳で亡くなったが、兜太の内心には、長男でありながら医業を継がなかったことも含めて、父親に対するアンビバレントな感情があったろう。国家や政治に関わる「公人」としての父への反発と、家庭や地域生活に密着した野趣あふれる「私人」としての父への親和である。前者は〈父の好戦いまも許さず夏を生く〉（『日常』）のような句にもなったが、句で追想される父親像は総じて後者である。

山国や陸稲畑に父の糞　『狡童』
父亡くして一茶百五十一回忌の蕎麦食う　『遊牧集』
亡父夢に川亀持ちて訪ね来し　『日常』
野糞をこのみ放屁親しみ村医の父　『百年』

医業を弟にゆだねた彼は東京帝大経済学部から日銀へというエリートコースを歩むのだから、十分に親の期待に応えていたのである。とはいえ、戦後は労働運動にのめり込んで出世コースから外されてしまうことで期待を裏切り、しかしまたその結果として俳句に専念して俳人として名を挙げたのだから、いくつかの捩れをくり返しながら、最終的に兜太は父親の「事業」を継承発展させたことにもなる。

一方、母親のはるに対する兜太の愛情表明はほとんど手放しだ。十六歳で金子家に嫁ぎ、実家が没落して帰る家もなくなって、大家族の家事に追われながら小姑たちにいびられて耐えている母の姿は、封建的家族制度の中での女性の地位について考えるきっかけを彼に与えた。つまり、母親への愛が「フェミニスト」金子兜太の原点である。さらに、家族制度の問題は社会制度の問題であり、社会制度は経済構造に深く規定されているから、という理由で大学で経済学専攻を選択することになったともいう。
金子家には地元の俳人たちが頻繁に集まり、俳句談議が済めばすぐに酒盛り、あげくは喧嘩が始まるという始末で、母親は兜太に、俳句なんか作るもんじゃない、ろくでもない人間になるから、としょっちゅう言っていた。その兜太が医者にもならず俳句を作りはじめてしまう。以後、母親は終生、彼を「兜太」と呼ばず「与太」と呼んだ。当初は愚痴まじりに、ろくでもない不良を意味する「与太者」の「与太」だったらしいが、後には気を許し合った母子間でのほほえましい愛称みたいなものになったようだ。彼女は二〇〇四年に百四歳の長寿を全うしたが、「最期のころに見舞いに行ったら、私の顔を見て『ああ、与太が来たよ、バンザーイ』と言って、それから間もなく亡くなった」(『あの夏、兵士だった私』二〇一六年)。

夏の山国母いてわれを与太《よた》と言う　(『皆之』)
秩父古生層長生きの母の朝寝　(『日常』)
長寿の母うんこのようにわれを産みぬ　(同)
母逝きて風雲《かざぐも》枯木なべて美《は》し　(同)

2　青年期の俳句

母親の禁止があったせいか、兜太が初めて俳句を作ったのは十八歳。旧制水戸高校に入学した一九三七（昭和十二）年、生涯の知友になる出沢珊太郎《さんたろう》につれられて出席した句会だったという。その句。

白梅や老子無心の旅に住む

東洋的隠逸の世界だ。父が私淑していた秋桜子風のやわらかみもある。そしてなにより、すでに句として出来上がっている。幼少時以来の父親の言わず語らずの薫陶、広くいえば俳人伊昔紅の人脈や蔵書や雑誌などすべてひっくるめて、金子家が蓄積していた有形無形の「文化資本」のたまものというべきだろう。だが、すでに出来上がったこの世界を――いかにも「俳諧」的な隠逸志向のみならず安定した定型律という形式も――壊してゆくのが戦後の兜太なのだ。

これをきっかけに、全国学生俳誌「成層圏」に参加する。「成層圏」の事実上の主宰者は竹下しづの女だった。特に彼女の〈汗臭き鈍《のろ》の男の群に伍す〉（一九三七年）や〈女人高邁芝青きゆゑ蟹は紅く〉（一九三八年）など、男尊女卑の時代に女性の存在と権利を敢然と主張する句に強い感銘を受けたという。感銘の根に、大家族のなかで忍従を強いられていた母親への思いがあったことはまちがいあるまい。

さらに「人間探求派」と呼ばれていた中村草田男と加藤楸邨の世界に強く惹かれて、「成層圏」の東京句会の講師だった草田男の指導を受けるとともに、楸邨が創刊した「寒雷」に参加した。草田男とは六〇年代に「造型俳句六章」をめぐる論戦を契機に決裂することになるが、それでも草田男と楸邨は、兜太の意識のなかで、終生の師であり続けた。「人間としては楸邨、俳句の目標としては草田男」（『わが戦後俳句史』）という思いだったという。

しづの女、草田男、楸邨、ともに、「人間」に根差した批評精神で傑出した俳人だった。数ある俳人のなかでこの三名と縁を結んだのは、出沢珊太郎の引き回しだけでなく、兜太自身の積極的な選択意思でもあったろう。

なお、一章で紹介したドストエフスキー「乱読」体験は、この水戸高校三年に当たる三九年の項の年譜に記載されていたものだ。

水戸高校卒業後一年浪人して、四一（昭和十六）年に東京帝大経済学部入学。「隠れマルクス主義」（『あの夏、兵士だった私』）の教授たちからマルクス主義経済学を学んだ（『わが戦後俳句史』によれば、復員した彼が最初に購入した書物は岩波文庫のリャザノフ著『マルクス・エンゲルス伝』だった）。この年十二月八日、対米英開戦。当時の日本は「大東亜戦争」と自称し、戦後は「太平洋戦争」と称する。

兜太はますます句作にのめり込んでいったが、この間、言論弾圧は俳句にも及んで、彼が投句していた新興俳句系の「土上《どじょう》」の主宰者・嶋田青峰は四一年二月に逮捕され、獄中で喀血し肺結核を重篤化させた。兜太はその青峰を自宅に見舞ったこともある。また、東大一年の時には、街頭でうかつな発言をとがめられて検挙されたあげく拷問で生爪を全部はがされた先輩が、その両手を見せて言動に注意するよう忠告してくれたこともあった。

句集『少年』（五五年刊）の後記では、「僕の青春時代はいわゆる戦争下の青春という奇妙に印象的なものであったが、多くの友人達が暗黒の支配に抗して、或いは捕えられ、或いは自殺し、また一方では無概念な民族的情熱に馳られて熱狂していたなかで、僕は茫然たる不快と反撥以上には何もなく、一種の感受性の化物として、その日その日を流していたわけだった」と回想している。

『少年』は、冒頭に「東京時代」と題して四〇年から四三年まで――浪人時代と東大時代――の句を収録している。この時期から俳句が自分のものになったという実感があったのだろう。

夕焼より濃き煙草火をわがものに　（『少年』）
蛾のまなこ赤光なれば海を恋う　（同）
霧の夜のわが身に近く馬歩む　（同）
情熱あれ凍雲に探照灯乱れ　（同）

3　トラック島という戦場

一九四三（昭和十八）年九月、戦局逼迫のため半年繰り上げで東大を卒業。卒論は、資本主義の全体像を見渡せるからという理由で「日本における農業問題」だった（『語る兜太』）。十月には高学歴文系学生の徴兵猶予が取消されていわゆる「学徒出陣」が始まり、十月二十一日には雨中の明治神宮外苑競技場で「出陣学徒壮行会」が開かれた。

帝大を卒業した兜太は日本銀行に就職したが、わずか三日で退職して海軍経理学校に入学した。無事に軍務を終えれば日銀に復職できることになっていた。四四年二月に経理学校を卒業し、ただちに海軍主計中尉に任官。三月、中部太平洋上の珊瑚環礁トラック島（現在のミクロネシア連邦チューク諸島）の第四海軍施設部に赴任。金子兜太満二十四歳である。

「私は日本もアメリカもどちらも帝国主義戦争だとおもっていました。けれども同時に、この戦争でもし日本が負ければ民族の壊滅になりかねない。その意味ではこの戦争は民族防衛戦争という一面を持っている——そのように理解していました。そしていよいよ兵隊に駆り出されたとなれば、民族防衛という面に賭けて戦争の成否を見出してゆくしかないという気持でした。その点では、戦争というものに対して半ば肯定的に体を張っていた」とは、『わが戦後俳句史』での述懐である。

「帝国主義戦争」だという認識はマルクス経済学を学んだ学徒として当然の認識だったろう。にもかかわらず、「民族防衛」のために体を張る、というのも、多くの知的青年に共通した心情だったろう。兜太には決然勇躍する思いもあったらしく、海軍経理学校卒業後の任地希望に「南方第一線」と書いて提出したそうだ（『語る兜太』）。この時期の「南方第一線」志願は、日本の死命を制する最前線への、また自分自身の「死地」への、志願である。

実際、トラック島は連合艦隊の重要拠点だったが、彼が到着する前、二月十七、十八日に米軍の激しい空襲を受け、多数の輸送船、艦船、航空機が破壊され、すでに焼け跡だらけの黒焦げの島だった。

施設部の仕事は、トラック島の島々全体で総員一万二千名ほどになる工員（軍属）を指揮して要塞を再建すること。いわば「土建部隊」の指揮。彼が担当した夏島での直属の部下は二百人あまり。肉体労働で生きてきた者ばかりで、やくざ者、いれずみ者も多く、バクチはやるし、四四年四月に病院船で女たちを帰還させると（少人数の「慰安婦」だけ残したそうだ）、たちまち公然と男色が横行して、若い男を取り合っての殺傷事件まで起きる始末。現地人の部落で女性を強姦して「バントウ（蛮刀）」で斬り殺された男もいた。「人間の性欲ってひどいものですよ」（『語る兜太』）。

二月の空襲後、トラック島は全く無力化して孤立してしまったが、それでもグラマンの傍若無人な機銃掃射はあり、連日の爆撃もあった。

中で、晩年の兜太がくりかえし語ったのは、手榴弾実験中の事故で爆風に吹き飛んだ工員の無残な死だ。

武器弾薬の補給も絶えたので工作部が手榴弾を試作した。実験は危険なので、兵隊ではなく軍属にやらせようという意図で軍属の多い海軍施設部が実験担当を命じられ、甲板士官の彼は直接の責任者だった。工員たちが引き受けることはあるまいと思いながら彼が六十人ほど集めて志願者を募ると、意外にも全員が手を挙げた。無頼な「自己顕示欲」だったかもしれない。

実験は海辺。私は塹壕《ざんごう》の縁に座り、約一〇人の工員が塹壕から顔を出す。実験役が起爆のために手榴弾を鉄塊に当てた瞬間、爆発。体が宙に浮き、落ちた。右腕が吹っ飛び、背中の肉は運河のようにえぐれた。

駆け寄る。すると、大きな工員が背中に担ぎ上げて駆け出した。工員の一団が「わっしょい、わっしょい」と伴走し、私も走る。二キロ離れた病院に運んだが、既に死んでいた。「あんたがいて、なんでこんなもの担いで来るんだ」と軍医に叱られた。

私の意識は違った。普段は身勝手な連中が仲間を救おうと本能で行動した。人間の芯は善、人間って善いもんだ。その人間をいたずらに殺す戦争は悪だ。（『存在者　金子兜太』）

工員（軍属）が危険な実験を担当させられたのは厳格な階級制に基づく軍隊内差別である。「米軍に空襲されたときも、防空壕が足りなくて工員たちが中に入れなかったため、まとめて死んだ例がたくさんありました。掘っ立て小屋が一発の爆撃で吹っ飛ぶんです。三十人くらいの人間の手足がバラバラになり、首からストーンと吹っ飛ぶ。男根まで妙にハッキリとポーンと飛んで行く」（『あの夏、兵士だった私』）。

四五年になると補給も完全に断たれ、飢えに支配された日々が来る。食糧計画は主計中尉の仕事だがどうにもならない。餓死者が続出した。

トラック島はヒロイックな「戦闘」とは無縁の戦場だった。日本兵と軍属は一方的に攻撃され、逃げまどい、ひたすら飢えと「闘う」しかなかったのである。そういう「戦場」で彼は、二百人の直属の部下たち（そのうち五、六十人が餓死した）によって、下層の大衆というもののなまなましい実態を、その醜さも善良さも、まるごと知ったのである。しかも、士官として彼らを保護すべき立場にありながら保護できない無力さゆえの自責の念とともに。

トラック島にいた五万人の兵士のうち三万人以上は餓死し戦死した。ある島にわれわれ約二百人が移り、イモ掘りをしたがみんな飢え死にしていく。私は非業の死の中にいたので、戦後は死者にむくいることが再出発と考えた。

（『語る兜太』）

敗戦。十五カ月の米軍俘虜生活を経て、四六年十一月、復員する。その際、「トラック島全期間の俳句を薄いレターペーパーに細かく書き写し、小さく折って、米軍から支給された匂いのよい石鹸のなかに詰め込んで、こっそり持ち帰った」（『わが戦後俳句史』）。なお、次の〈水脈《みお》の果て〉は兜太の代表句だが、ちゃんとした「墓碑」が立てられたわけではなく、死者たちはただ丘に埋められただけだった。

犬は海を少年はマンゴーの森を見る　（『少年』）
魚雷の丸胴蜥蜴這い廻りて去りぬ　（同）
水脈《みお》の果て炎天の墓碑を置きて去る　（同）

北へ帰る船窓雲伏し雲行くなど　（同）

4　戦後の歩み――「第二芸術」論から社会性俳句へ

たとえば霧や
あらゆる階段の跫音《あしおと》のなかから、
遺言執行人が、ぼんやりと姿を現す。
――これがすべての始まりである。
（鮎川信夫「死んだ男」）

戦後詩をリードした「荒地」派の中心・鮎川信夫は、「死んだ男」をこう書き出していた。兜太は「詩誌『荒地』の出現はじつに新鮮な印象でした」（『わが戦後俳句史』）と回顧しているが、金子兜太の心中にも、我が無念の「遺言」を「執行」せよ、と迫る多数の声なき「非業の死者」たちがいる。その意味で、戦後の彼の活動は、挙げて、死者たちの呼びかけに対する応答責任の遂行である。

彼が復員したちょうどその頃、雑誌「世界」一九四六（昭和二十一）年十一月号に桑原武夫が「第二芸術――現代俳句について」を発表していた。戦後俳句史の起点に生じた一大事件である。

桑原には近代日本文学における「作家の思想的社会的無自覚」を批判するという根本モチーフがあって、その典型例として俳句が選ばれたのだった。彼はヨーロッパ近代芸術およびヨーロッパ近代社会を範として、俳句と俳壇の無思想性や前近代性を痛烈に指弾したあげく、こんなものは「芸術」ではなく趣味人の「芸」にすぎない、それでも「芸術」と呼ぶならせいぜい「第二芸術」だ、と言い放った。桑原の論は近代主義による「裁断批評」であり、また文学論というよりはかなり乱暴な「俳句社会学」みたいなものだったが、俳句というジャンルや俳人という人種や俳壇という制度の急所をぐさりと貫いていた。なにより「第二芸術」というネーミングが辛辣かつ秀逸で、大きなセンセーションをもたらした。俳句もやっと「芸術」というものに昇格したか、などと平然とうそぶいていられたのは、早くから近代主義（それは正岡子規の革新運動の志向でもあった）に見切りをつけることで近代屈指の大衆組織家になっていた高浜虚子ぐらいのものだった。

復員した金子兜太は楸邨の「寒雷」に復帰し、また、戦前からの知友である沢木欣一が金沢で創刊した「風」に参加したが、こうした俳句界の激動からはまだ離れた場所にいた。後年の兜太は、桑原の論の俳壇批判は正しいが芸術論としては不備だと感じていた旨回想している。しかし、大事なのは、「非業の死者」たちの「遺言執行人」たらんとした時点で、桑原のような批判は兜太の心内に先取りされていたはずだ、ということである。つまり兜太は、「第二芸術」論に共感しまた反発することで、思想性も社会性も表現できる「近代芸術」としての俳句に向かって歩み始めるのだ。

生活者としての兜太は一九四七（昭和二十二）年二月一日、日銀に復職した。奇しくもそれは全官公庁共闘が宣言していた無期限ゼネスト決行予定の当日だったが、その前夜、マッカーサー司令官の指示によって中止されたのだった。同年四月末、結婚（妻・みな子も俳句を詠んだ。二〇〇六年没）。

それでも兜太は、「学閥制度の廃止」「身分給廃止」「生活給確保」を掲げて日銀「近代化」のための労働組合運動に挺身し、四九年四月、初代事務局長として組合専従となる。「立身出世主義を乗り越えることが非業の死者にむくいる第一歩」（『わが戦後俳句史』）だと思い定めていた。

死にし骨は海に捨つべし沢庵嚙む　（『少年』）
青草に尿さんさん卑屈捨てよ　（同）

夏草より煙突生え抜け権力絶っ　（同）
墓地は焼跡蟬肉片のごと樹樹に　（同）

五〇（昭和二十五）年六月二十五日、朝鮮戦争勃発。同年十二月、組合を退き福島支店に転勤。レッドパージのさなか、組合からの幹部総退陣を条件に馘首を免れたのだが、以後十年にわたる地方勤務がここに始まる。福島支店に初めて出向いた日、各新聞がいっせいに「北朝鮮・中国軍、平壌を奪回」の記事を掲げていたという（『わが戦後俳句史』）。

奴隷の自由という語寒卵皿に澄み　（『少年』）
きよお！と喚いてこの汽車はゆく新緑の夜中　（同）
裏庭蒼い銀行の夕暮を持ち帰る　（同）
暗闇の下山くちびるをぶ厚くし　（同）

五三（昭和二十八）年九月、神戸支店へ転勤。西東三鬼や鈴木六林男らを介して、堀葦男、橋閒石、永田耕衣、赤尾兜子らへと交流が広がって、「関西前衛」の息吹を知った。
五四年、俳壇で俳句の「社会性」が話題になった。戦後俳句が「花鳥諷詠」的小世界を打破して激動する現実生活に立脚しようとすれば「社会性」の表現は当然の課題である。むろんそこには政治も絡む。

この年秋、兜太も参加していた「風」が「俳句と社会性」に関するアンケートを行った。兜太は、この企画を「桑原武夫『第二芸術』の好刺激」(『わが戦後俳句史』)だと受け止めて、「社会性は作者の態度の問題である。云々」と回答し、山本健吉との論争にも参加して一躍知名度を上げた。

原爆許すまじ蟹かつかつと瓦礫あゆむ　(『少年』)
青年鹿を愛せり嵐の斜面にて　(『金子兜太句集』)
朝はじまる海へ突込む鷗の死　(同)
銀行員等朝より螢光す烏賊のごとく　(同)

五八(昭和三十三)年二月、長崎支店へ転勤。平和会館のすぐそばに住み、雑誌から長崎の句を依頼されて爆心地を毎日歩いたりした。

彎曲し火傷《かしょう》し爆心地のマラソン　(『金子兜太句集』)

塩強き半島飢える吃りつつ　（同）

ある日快晴黒い真珠に比喩を磨き　（同）

夜夜俺のドア叩くケロイドの枯木　（同）

六〇（昭和三十五）年五月末、十年間にわたる地方支店めぐりを終えて東京本店に戻った。「昭和三十五年六月の東京は、安保反対闘争の渦中にありました。着いて直ぐ樺美智子国民葬が日比谷でおこなわれたことが鮮明に記憶に残っています」（『わが戦後俳句史』）。

果樹園がシャツ一枚の俺の孤島　（『金子兜太句集』）

デモ流れるデモ犠牲者を階に寝かせ　（同）

デモ暗く揉み合うミルクを地に散らし　（同）

わが湖《うみ》あり日蔭真暗な虎があり　（同）

5　六〇年以後概略&句集一覧

以上が「前衛前史」の概観だが、その後の軌跡も略年譜風に付け足しておく。

六一（昭和三十六）年には俳句総合誌「俳句」に「造型俳句六章」を連載して独自の表現論を追究する。秋には中村草田男ら有季定型派が離脱して「現代俳句協会」は分裂し、有季定型派は「俳人協会」を結成。いわゆる俳壇の「保守帰り」が始まる。六二年四月、俳誌「海程」創刊。「海程」は同人誌として出発し、のちに兜太の主宰誌とした（なお、二〇一七年、翌年をもって「海程」を終刊し、誌名も残さず、兜太一代限りとすることを宣言した）。

以後も日銀では冷遇されたまま、「窓際」ならぬ「窓奥」で大金庫の鍵を預かっているだけの「金庫番」を続けて、七四年九月、五十五歳で定年退職。八三（昭和五十八）年、「現代俳句協会」会長に就任。八六年十二月、朝日新聞俳壇選者となる。二〇一五（平成二十七）年一月、いとうせいこうとともに東京新聞「平和の俳句」の選者となる。同年七月、澤地久枝の依頼で「アベ政治を許さない」揮毫。二〇一八（平成三十）年二月二十日、逝去。九十八歳。

最後に、句集一覧を。

『少年』（一九五五）『金子兜太句集』（一九六一）『蜿蜿』（一九六八）『暗緑地誌』（一九七二）『早

春展墓』（一九七四）『金子兜太全句集』（一九七五＊未完句集『生長』及び『狡童』を含む）『旅次抄録』（一九七七）『遊牧集』（一九八一）『猪羊集』（一九八二）『詩経国風』（一九八五）『皆之』（一九八六）『黄』（一九九一）『両神』（一九九五）『東国抄』（二〇〇一）『日常』（二〇〇九）『百年』（二〇一九＊死後出版）

三　前衛兜太（一）——無神の旅へ

1　前衛たちの「一つ火」——赤黄男と修司と兜太

前衛・金子兜太の魅力と特質について考えようと思うのだが、そのための助走路に飛石を二つ置いてみる。

まず、戦前の最前衛だった新興俳句作家・富澤赤黄男《かきお》の『天の狼』（一九四一年）から。

一本のマッチをすれば湖は霧

私は愛煙家だが、もう長いことマッチを擦った覚えがない。タバコに火をつけるのはライター、それも使い捨ての百円ライターだ。

子供のころ、はじめてマッチを擦った時のことを思い出す。マッチを擦る行為にはかなりの技術が必要なので、初心の子供には、炎への恐怖だけでなく、失敗の危惧から生じる不安もともない、それゆえ着火した炎にはどきどきするような感動があった。それは火を起すたびに太古の人類の心に波立った感情のささやかな追体験だったかもしれない、とも思う。

マッチを擦る行為にともなう不安と感動は大人になっても完全に消えてしまうわけではない。

それはそのつど失敗もあり得る一回性の行為なのだ。簡便な百円ライターにはその一回性の緊張がない。それは記憶喪失した現代文明の使い捨ての火にすぎない。

日本の神話では、最初の火は、大地母神イザナミが島々と神々を生みつづけたあげく、最後に生んだ火の神カグツチのために陰部《ほと》を焼かれて亡くなったというエピソードにあらわれる。この国の最初の炎は大地そのものでもある母なる女神を焼き殺したのだ。だが、この破壊的災厄をもたらした火は神名の一部として登場するだけで、具体的な炎のイメージが語られるわけではない。

炎そのものが初めて印象的に語られるのは、亡き妻を追って黄泉国《よみのくに》に下ったイザナギが、「見るな」というイザナミの禁止を破って、闇のなかで櫛の歯を一本折って「一つ火」を点す場面である。そのとき、櫛の歯の先に燃えあがった炎は、あらゆるマッチ棒の先に燃えあがる炎の原型である。闇のなかでマッチを擦るとき、誰もがイザナギの行為を反復しているのだ。

闇のなかにひとり佇っているのはおそろしい。だが、火を点して闇にひそむものを照らし出すのもおそろしい。見てはならないものを見てしまうことになりかねないのだから。現にイザナギの点した櫛の火に浮かび上がったのは、美しかった妻のおぞましく腐乱した骸《むくろ》だった。『日本書紀』の一書は、それ以来夜の「一片之火《ひとつび》」を忌むことになった、と記している。「一つ火」はタブーなのだ。

富澤赤黄男の句の語り手＝主人公は真暗な夜の湖畔で「一本の」マッチを擦った。タバコを吸うためだったかどうかは知らないが、彼もまた忌むべき「一つ火」を点したのである。だが、「湖は霧」。赤黄男の小さな炎は闇に隠れていたものの本体を照らし出したわけではなかった。湖はなお霧の白いベールに隠れている。彼に夜の湖そのものを見たいという思いがあったとすれば、それは期待はずれで残念なことだったかもしれない。しかし霧が本体を蔽っていてくれたのは彼のかすかな安堵であったかもしれない。おかげで彼は、むき出しの何ものかとの遭遇をまぬがれたともいえるのだから。（私はここに、「象徴界／想像界／現実界」というジャック・ラカンの概念区分を接続したくなるが、今はこらえる。）

マッチの炎に浮かぶ霧の湖は幻想的である。このとき、「現実」というものの不可視の本体との遭遇を猶予された彼は、なおなかば内的な夢想の中にとどまっているようでもある。叙述のためだけなら不要な「一本の」は、ここに遠く神話の「一つ火」を呼び寄せるとともに、近代人の孤独・孤絶の意識をも担っているだろう。こうして句の世界は、ただの実景描写から抒情的心象風景へと、微妙に移調し始める。これはたしかに、戦時下新興俳句運動の精華たる富澤赤黄男の美学である。

二つ目の飛石は戦後、六〇年代前衛短歌を担うことになる若き寺山修司の歌集『空には本』

（一九五八年）から。

マッチ擦るつかのま海に霧ふかし身捨つるほどの祖国はありや

歌は行為と風景を叙す五七五の上の句と心懐を吐露する七七の下の句に截然と分離されている。したがって、この霧の海は、赤黄男の心象性を帯びた霧の湖とは違って、まぎれもない作中の実景である。赤黄男が「一本の」に託した孤独・孤絶の意識や実景と二重写しで励起した夢想的な心象性は、内的思弁をつぶやく下の句が独立して引き受けている。そして、行為と思弁が明確に分離されたその分だけ、行為も思弁もそれぞれあざやかに際立ち、またその分だけ、読者を意識した一種のポーズ、観客の前で演じる思い入れたっぷりの演技と独白、といったニュアンスも生じる。もちろん、ポーズも演技も、青年期の甘美な自己意識のおのずからなふるまいなのであって、それがこの歌の清新な魅力の源泉になっている。

ここでも、マッチの「一つ火」が招き寄せた思念は不吉な陰影を帯びているようだ。なにしろ時は六〇年安保の二年前、「身捨つるほどの祖国はありや」と自問するこの語り手＝主人公は、右翼テロリスト青年であってもよいし、左翼革命青年であってもよい。自問する彼のそのヒロイックで悲劇的な予感の中に、「身捨つる」ことになった二年後の若き死者たち、死に方（殺され方〉はそれぞれ異なるとはいえ、反安保デモの渦中で死んだ東大生・樺美智子も、獄中（少年鑑別所）で首を吊ったテロリスト・山口二矢《おとや》も、下宿の窓で首を吊った歌人・岸上大作も、その運命を先取りされているかのようだ。実際、寺山と交流もあった岸上大作は、一九六〇年四月二十六日、寺山のこの歌への応答のようにして、〈意志表示せまり声なきこえを背にただ掌の中にマッチ擦るのみ〉と詠むことになる。

富澤赤黄男の〈一本の〉は、一九三七年秋の応召から二年数カ月にわたって中国大陸を転戦して帰還した後の一九四一年の作だった。それなら、「身捨つるほどの祖国はありや」は、六〇年安保直前の戦後青年たちだけでなく、いっそう切実に戦時下の青年たちが、とりわけ赤黄男自身が、その内心に懸命にこらえていた感慨であったかもしれない。むろん日中戦争が泥沼化し、対米開戦ちかしの気運も高まっていた時期のこと、「京大俳句」など新興俳句への弾圧さえ前年から始まっていたなか、そんな自問の一端すら表明する余地はなく、俳句的切断の暗示効果に託すしかなかったろうが。

周知のとおり、寺山の〈マッチ擦る〉は、赤黄男の〈一本の〉、及び同じく『天の狼』所収の、こちらは大陸で詠んだと思しき〈めつむれば祖国は蒼き海の上〉を下敷きにして組み立てたのではないかと指摘され、その他の寺山の複数の歌における俳句からの「(無断) 引用」と併せて、「模倣、盗用」だと既成歌壇から非難された。

表現は、通常、内なる固有の感情や思想を外に押し出す《エクスプレス》ことだと解されている。しかしまた、原理的には、あらゆる言語表現は既存の表現の引用・再構成である。言葉という大海の中で目覚めて、人はどんな固有の思いも、他者の使用済みの言葉を引用・模倣することでしか表現できないのだ。固有性と模倣性と、現実の表現はいつもこの二重性の中にある。

自己の体験の偽らざる表出こそリアリティの源泉だと素朴に信じる「アララギ」系や「ホトトギス」系の歌人・俳人たちの中に、寺山修司は、次々と模倣し引用し編集する軽やかな、そしていくぶんいかがわしい、新世代の表現者として登場したのである。

したがって、このユニークな表現者を、実体験の拘束を離脱するという意味で虚構的主体、架空の他者を演じるという意味で演技的主体と呼んでもよいだろう。また、体験からではなく、言語記号の織物である過去のテクストから新たなテクストを作るという意味で、時代に先駆けた記号論的主体、テクスト論的主体と呼ぶこともできる。ここにいちはやく、二十世紀末のポストモダン的主体が出現したのである。以後、寺山修司は六〇年代のまぎれもない前衛として、諸ジャンルを横断しつつ、トリックスター的に世界を攪乱しつづけることになる。

さて、富澤赤黄男と寺山修司と、時代を隔てた二人の前衛の二本のマッチを飛石のように踏んで、ようやく前衛・金子兜太の句へと跳ぶ。句集『蜿蜿』(一九六八年)から。

無神の旅あかつき岬をマッチで燃し

三本目のマッチであり三つ目の「一つ火」である。私はこれを前衛・金子兜太の代表句だと思っている。

六〇年代は芸術諸ジャンルを通じて前衛の時代だった。金子兜太と寺山修司はほぼ同時期に「前衛」と呼ばれたのである。だが、一九一九年生れの金子兜太は、一九三〇年生れの寺山修司とはまったく異なる経路を辿って来たのだった。まず、その経路を辿りなおしてみる。

2　社会性と政治性と文学性

二章4節で概説したように、金子兜太はいわゆる「社会性俳句」をめぐる議論を契機に一気に知名度を上げたのだが、そもそも戦後の彼の句は最初から「社会性俳句」的だったといってよい。内的にはトラック島の非業の死者たちの「遺言執行人」として「反戦平和」を希求するという覚悟に発し、外的には「第二芸術」論の俳句批判とも共振しつつ、もっぱら身辺些事や自然風物を対象にした視野狭窄的伝統俳句の世界に社会的なテーマや批判精神を導入しようとしたのである。

主たる標的は「客観写生」や「花鳥諷詠」を掲げた「ホトトギス」派だったが、それは俳壇内の動きにとどまらず、より広く、戦後の文学運動と連動していた。たとえば詩における「荒地」派が「四季」派的抒情詩を批判して思想性や社会性の詩的表現を追究したように、また、小説における第一次戦後派が身辺リアリズムに淫した私小説を批判して思想的骨格を具えた本格的な虚構作品を目指したように。

その第一次戦後派は、埴谷雄高の『死霊』や野間宏の「全体小説」志向など、きわめて二十世紀的な実験性を具えていたが、にもかかわらず彼らは基幹雑誌を「近代文学」と名付けていた。「近代」の射程には、十九世紀的な「近代」の超克、世界大戦後の「現代」まで含まれるのである。そういう意味も含めて、兜太俳句もまた俳句「近代化」の試みである。敗戦国日本においては、「近代」を超えるためにも、すべて「近代化」のやり直しから始めるしかなかったのだ。

ちなみに、第一次戦後派作家の中で兜太が一番親近していたのは、社会的主題と実験的文体とを兼ね具えていた初期の野間宏だったようだ。『わが戦後俳句史』では野間の『暗い絵』を読んだ時の衝撃を回顧している。野間の主題の「社会性」だけでなく、「肉体」の思想化というモチーフにも共鳴したのだろう。

もちろんそうしたジャンル横断的な問題意識の根底には、文学が天皇制軍国主義の横暴にやすやすと屈服し、むしろ積極的に「翼賛」してしまったという事実への反省と自己批判があり、それゆえそれは文学を超えて、敗戦・被占領・独立という「第二の開国」に際してもう一度「近代」を作り直そうとする社会運動とも隣接していた。

現に、五四年秋、「風」誌の「俳句と社会性」に関するアンケートで、アンケート企画の当事者だったと思われる沢木欣一は、「社会性のある俳句とは、社会主義的イデオロギーを根底に持った生き方、態度、意識、感覚から産まれる俳句を指す。（以下略）」（『戦後俳句論争史』における赤城さかえの「摘記」による）と回答していた。「二段階革命論」というほど明確な自覚はなくとも、「社会主義」もまた、「民主化（近代化）」遂行の彼方に浮かぶ「近代（資本主義）」超克のヴィジョンだったのである。

しかし、沢木のこのうかつな「社会主義的イデオロギー」はさっそく「保守主義者」山本健吉の好餌となり、山本との論争当事者だった兜太は、「社会主義的」であって「社会主義」ではない、などと防戦に追われることになった。

兜太自身はアンケートに次のように回答していた。（第四項は省略）

一、社会性は作者の態度の問題である。創作において作者は絶えず自分の生き方に対決しているが、この対決の仕方が作者の態度を決定する。社会性があるという場合、自分を社会的関連のなかで考え、解決しようとする「社会的な姿勢」が意識的にとられている態度を指している。
二、従って、作品は当初社会的事象と自己の接点に重心をかけたかたちで創作され、やがて社会的事象を通して社会機構そのものの批判にまで到ることとなろう。ここで批判の質及び内容が問題となる。
三、従って、社会性は俳句性と少しもぶつからない。俳句性より根本の事柄である。ただこの態度はいずれは独自の方法を得ることになるが、俳句性を抹殺するかたちでは行なわれ得ない。即物は重大なテーマである。
（傍点原文）

兜太が慎重に政治やイデオロギーと一線を画そうとしていることがわかる。兜太は「社会性」を、意識的で自覚的な生活者の「態度＝姿勢」に定位させたのだ。
しかし、その「社会的な姿勢」が「やがて社会的事象を通して社会機構そのものの批判にまで到る」とき、しかも「批判の質及び内容が問題となる」とき、兜太が思い描いていたのは、やっぱり沢木の「社会主義的イデオロギー」に近いものだったはずだ。この時期、社会変革を志向する「社会性」は、当然、労働運動や政治運動と隣接していたのだ。

むろん、国家ヴィジョンに関わって「社会主義的」未来を志向することが政治的なら、それを批判する「保守」もまた現存権力に親和的であることにおいて政治的である。そして、一見非政治性を装っている俳壇だって、十年もさかのぼってみれば、たいていの大物俳人たちは、社会どころか戦争遂行権力そのものに「翼賛」する俳句を作っていたのであり、戦後は忘れたふりをして口を拭っているだけなのだ。戦時下とは、俳人に限らず、日本人のすべてが理不尽なまでの「社会化＝政治化」を強いられた時代である。

しかし、「社会主義的イデオロギー」と書いてしまう沢木と兜太は、やはり決定的に異なる。未来に設定された社会理念は究極の「目的」と化して現在の活動を「手段」に化してしまうが、兜太は決して現在を手段化することなく、あくまで「社会的事象と自己の接点」としての生活の現在に踏みとどまり、現在の喜びや苦しみの具体性に立脚しようとするのだ。それが俳句の「即物」である。このとき、未来の理念が現在を牽引するのでなく、現在の困苦に対する自省が反転して志向するベクトルの彼方に未来のイメージ（四章で後述）が浮かぶのである。

兜太が政治との一線を踏み越えなかったのは、トラック島における体験が大きかったろう。戦前の知識青年にとって軍隊は唯一の「ヴ・ナロード（民衆の中へ）」を可能にする平等な機会だったが、多少不謹慎な比喩を使えば、二百人の部下たちを直接指揮した彼は、いわば下層大衆（虚子が組織した大衆などとはまるで異なる人々だ）の裸形の肉体に深く感染してしまったのであり、知識人的言説に抵抗する強力な免疫を獲得したのである。むろん秩父で育った少年期にその下地はできていたのだろう。彼自身は東京帝大卒のまぎれもないインテリだったが、インテリ（観念）よりも生活（肉体）を信頼する、というのが兜太の変わらぬ信条であり、肉体という主題は彼の俳句方法論とも直結していた。その意味でも、「即物は重大なテーマ」なのだ。

私はまた、彼が学生時代から愛読していた中野重治の歩みなども政治を警戒させる因になったのではないか、と推測している。「社会性」が政治性と隣接している以上、「社会性と文学性」は戦前からの「政治と文学」問題に似てしまう。そして、中野重治こそはこの問題の渦中を最も誠実に、しかしつまずきながら、生きた文学者だった。

たとえば中野は、昭和初年、「政治と文学」の二元論的論争のさなかで、芸術の大衆化は通俗化することなどではない、「生活をまことの姿で描くことは芸術にとって最後の言葉だ。大衆が求めているのは芸術の芸術、諸王の王なのだ」（「いわゆる芸術の大衆化論の誤りについて」一九二八年）と書き、「芸術に政治的価値なんてものはない」（一九二九年）と言い放った。

中野のこういう大衆を理想化し芸術（文学）を理想化する一元論は、芸術（文学）と政治との究極の統一を可能にするマルクス主義という「真理」への信によって支えられていた。だが、「無謬」と称して「真理」を独占する革命党は「真理」への接近度に基づく厳格な位階制を作り出し、非真理を容赦なく排除して党内言論を強力に統制した。党員だった中野は結局、政治目的を最優先して文学をもその手段とみなす党に服従するしかなかったのである。

さらに、「転向」後の屈折を経た後、戦後に再建された党に再入党した中野は、第一次戦後派との「政治と文学」論争において党の立場を擁護する側に回ったのだった。このとき平野謙が提起した岡田嘉子の杉本良吉と二人でのソ連亡命にせよハウスキーパー問題にせよ、「政治の優位性」に対する批判であると同時に、一種のフェミニズム問題でもあったのである。金子兜太は、横目ながらも、そういう「党員」中野重治のつまずきつつの歩みを批判的に注視せざるを得なかったはずなのだ。

敗戦後はまぎれもなく「政治（革命）の季節」だった。戦前の左翼青年たちを翻弄した「政治か文学か」という二者択一を迫る暴風は、戦後も吹き荒れ、戦後に発足した「新日本文学会」は政治に翻弄されつづけたし、俳人団体「新俳句人連盟」もそれで分裂した。

だからこそ、労働運動が政治運動と一線を画さなければならないのと同様、俳句の社会性は政治性と一線を画さなければならない。しかしそれはたんに政治を回避することであってはならない。政治の回避は隣接する社会性の回避につながり、たちまち「花鳥諷詠」への退行的自足をうながすことになるだろう。だから、金子兜太の立場は、若き中野重治と同様、「社会性か文学か」の二者択一ではなく、「社会性も文学も」であり、その上での文学一元論でなければならない。

とはいえ、それでも社会性が主題や素材選択の問題を免れないかぎり、いつでも「主題の積極性」の名において政治主導が介入する余地を残す。また、労働者俳句や生活俳句などとも裾野を共有するため、社会性はメッセージ性や大衆的伝達性へと傾きがちで、その結果、文学性や表現性がないがしろにされやすい。

では、あくまで文学の立場を守りつつ、社会性と文学性の両立はいかに可能か。ただ表現性を高めるしかないのである。むろん、俳句という短詩型では、表現性を高めれば伝達性は低くなる。つまり「難解」になる。その「難解」をあえて引き受け、強引に押し切るだけの俳句の力をいかに獲得するか。その模索が「造型俳句」として理論的にも完成したとき、「前衛」兜太が誕生する。

あらためてくりかえすが、金子兜太という表現者の主体は、まずもって近代の再構築を志向したという意味では、あくまで近代的な（モダンの）主体なのである。

事実、前衛俳句の理論的マニフェストたる彼の「造型俳句六章」（一九六一年）の基本姿勢は、俳句を特殊ジャンル扱いするのでなく、近代文学（詩）一般の原理の上に俳句理論を構築しようとするものだった。したがってそれは、突出した「前衛」どころか、むしろ、「文学の標準は俳句の標準なり」（「俳諧大要」）と書きながらたちまち俳句の特殊性へと議論を移行させてしまった正岡子規の未完の構想《プロジェクト》の正統な継承発展の試みだった、ともいえるのだ。近代文学として「正統」であるはずの試みが、「ホトトギス」一極支配以後の俳壇では、「前衛」（ときには「異端」）になってしまうのである。

また、人間は社会的・歴史的存在なのだというしごくまっとうな人間観に立脚する兜太は、その「造型俳句六章」で、もっぱら自然と向き合うだけの「近代」の「花鳥諷詠」的な自我を社会性なき「個我」と呼び、「現代」に要請される複雑な社会関係を引き受けた新たな自我を「主体」と呼んだが、この「主体」という用語にも、戦後主体性論争などの残響が聞えるだろう。

したがって、モダン的主体たる金子兜太には、寺山修司の遊戯的で演技的なポストモダン的主体など、現実社会との対峙を回避した虚構世界への逃亡であって、モダン（近代）の頽廃現象のように見えていたはずである。ただし、5節で後述するように、そういう「モダン」の金子兜太と「ポストモダン」の寺山修司が、いわばねじの一回転分ずれた位相で「共闘」するところに、六〇年代前衛の魅力と活力はあった。

3　社会性とイメージと超現実

「前衛《アヴァンギャルド》」はもともと軍隊用語としての最前線部隊を意味し、転じて革命用語ともなり芸術用語ともなったのだが、戦闘的な「兜」の文字を名に負う前衛・金子兜太において、軍隊用語（闘争性）と革命用語（社会性）と芸術用語（俳句性）が、いわば「三位一体」を志向していた、といえるかもしれない。むろん、神学用語としての「三位一体」と同様、兜太の「三位一体」も三者相互の不断のずれと矛盾と葛藤の中にあったのだが。

ともあれ、兜太が俳句の芸術性を担保する役割を託したのはイメージの力だった。イメージは、散文化を強いる社会的主題を凝縮するために、また俳句に詩性（芸術化）を付与するために、そして伝統俳句と闘うために、つまりは兜太的「三位一体」の推進力として機能したのである。

もっとも、イメージ（具象性）の重視自体は今日ではありふれた俳句論にすぎない。また、色彩性を軸にしたイメージの鮮やかさが兜太俳句の魅力だったことは、最初期、まだ二十代初めだった戦時期の作蛾のまなこ赤光なれば海を恋う　　　　　　　　　（『少年』）

などが早くも示している。

前衛・兜太について特筆すべきは、迫力あるイメージを作り出すために比喩、とりわけ暗喩《メタファー》の機能を重視したことである。「描写」から「表現」へ、というのは「造型俳句六章」のテーゼの一つだが、暗喩は兜太俳句が「表現」へと離陸するための中心手法だった。しかも彼は、通常の暗喩を超えて、シュールレアリスム的な、非現実的・超現実的なイメージまでも積極的に導入した。これが彼の俳句に、たんなる「モダン（近代）」ではなく現代的な（二十世紀的な）質を与えた。

六〇年代の作に限らない。たとえば早くも、戦後間もない一九四八年に、

墓地は焼跡蟬肉片のごと樹樹に　　　　（『少年』）
舌は帆柱のけぞる吾子と夕陽をゆく　　　　（同）

がある。一読衝撃的な前者〈墓地は焼跡〉については六章で後述するが、ささやかな後者〈舌は帆柱〉もまた、眼前私事を詠みながら、いま・ここにない非現実――トラック島の海か？

——を召喚して風景を歪め変容させていることでは変わりない。

また「前衛」の歩みから折り返し始めた七〇年代以後も、たとえば『早春展墓』(七四年)の、〈骨の鮭アイヌ三人水わたる〉から始まる「骨の鮭」シリーズの六句目、

骨の鮭鴉もダケカンバも骨だ

この不意に屹立する悽愴な死の風景は、読者を驚かせ、たじろがせる。読者の意識が、飢餓と流浪のアイヌ史の幻影的映像の一つとしてその「意味」を納得するには、一瞬の時差が必要だ。

さらに、後年の彼の代表作の一つと目されている

梅咲いて庭中に青鮫が来ている　　(『遊牧集』一九八一年)

庭を青鮫が泳ぐ、というありえない超現実のイメージがこの句に驚きと迫力をもたらしている。

西脇順三郎『超現実主義詩論』(一九二九年)の口吻を借りていえば、詩は「聯想として最も

遠い関係を有する概念を結合する」ことによって慣習化した意識を「驚かす」のであり、「驚かす」ことによって意識を変革し、斬新な現実感をもたらすのである。

西脇の論は俳句における配合、取合せの論に通じる。昭和の新興俳句の構成主義はここから生じたと考えてよい。

ただし、「二物衝撃」という昭和俳句的用語は、配合する二物の距離の遠さを強調するものだが、俳句のような短詩型の場合、たんに「最も遠い関係」の結合だけでは作品世界が恣意的に分裂してしまうから、根底は微妙な現実性によって連結されていなければならない。

たとえば〈梅咲いて〉の「青鮫」は早春の朝の青みがかった澄んだ空気だ、というのは作者自身による解説（自己解釈）だが、現実というものの位相をもっと深く設定することもできる。その意味で、ここにトラック島の海のイメージの回帰を見ることも可能だし、この句を挟む前後の二句

霧の夢寐青鮫の精魂が刺さる
青鮫がひるがえる腹見せる生家

とともに、夜明けの春情めいた生臭い性的幻想の余韻を読むことも、可能である。しかし、あ

くまで解釈は一瞬の時差を介して事後的に到来するのであって、最初にあるのは驚きである。いってみれば、美は驚きをもたらす、というのが兜太美学の第一テーゼなのだ。美と驚異とを結んだ点で、六〇年代前衛としての金子兜太は、後に「芸術は爆発だ」のフレーズで大衆的人気を獲得する美術界の前衛・岡本太郎と、縄文的なるものへの関心も含めて、きわめて近い位置にいる。(兜太の縄文への関心を直接導いたのは詩人の宗左近だったようだが。)

ただし、「幻を視る人《ヴィジョネール》」といった形容は金子兜太にあまりふさわしくない。後述するように、兜太のイメージ論は、資質の問題であるよりも、あくまで自覚的な方法の問題である。つまり、兜太句の超現実的イメージは、自動書記的な無意識の湧出であるよりは、意識的に構成された意味喩(寓喩)の場合が多い。

戦前において超現実的イメージを果敢に導入したのは新興俳句運動だった。たとえば富澤赤黄男の代表作、

蝶墜ちて大音響の結氷期　(『天の狼』一九四一年)

驚きは「蝶墜ちて大音響」というありえない幻聴的イメージがもたらす。一匹のちいさな蝶のひそかな死が世界の崩落を招いたかのようで、この蝶が世界の全体を支えていたのかもしれ

ない、とさえ思わせる。そう思えば、やがて、美（芸術）の女神のごとき蝶が墜ちて世界が凍りつく恐怖（戦争）の時代に突入した、という寓意も浮かんでくるだろう。寓意的解釈は作品を現実世界に着地させるのだ。しかしまた、「大音響の結氷期」と読めば、湖面の氷が膨張して夜間に大音響を発するという諏訪湖のおみ渡りの現象などを連想させて、句自体がもともと現実世界にかろうじて接地していた、ともいえるだろう。超現実イメージによって一瞬顕現する驚異的な現実離脱と微妙な接地性の事後的回復とのあいだで、一句はあやうい均衡を保っている。

一方、金子兜太は、自動記述やフロイディズムへと傾いたシュールレアリスムの自己閉鎖性は峻拒したし、新興俳句運動に対しても、それが非社会的な美学的内面化の傾向を呈したことを批判している。どんな超現実的イメージにせよ、イメージは社会的現実（体験）や思想的意味の核心を凝縮して表現するために自覚的に「造型」されるべきものなのだ。

だから「造型俳句六章」の第六章では、シュールレアリスムとの違いを、自分の立場は「意識活動に重点を置く立場」であって、「現実主義（リアリズム）」なのだと述べてこうつづける。「意識活動という場合、深層意識をも包摂している」、「深層意識にだけ拘泥することは余りに狭い」、「人間の全面を対象にしないものは、やがて行き詰まり、やがて滅びる」。つまり、金子兜太のシュールレアリスムは、あくまで社会性をも含めた「人間の全面」を描くリアリズムの一部なのである。

テーマとしての社会性と方法としてのイメージの強度、これが兜太俳句の両輪である。たしかに、彼の代表句はこの両輪を具えている。

たとえば私が「兜太三句」（二章）で挙げた三句。

彎曲し火傷《かしょう》し爆心地のマラソン　（『金子兜太句集』一九六一年）

霧の村石を投《ほう》らば父母散らん　（『蜿蜿』一九六八年）

人体冷えて東北白い花盛り　（同）

どれも鮮烈なイメージと社会的・歴史的射程距離の長大さで際立っている。

炎天下のマラソンランナーの「彎曲し火傷し」よじれる姿態は、原爆被災という歴史的惨禍を強烈な幻像《ヴィジョン》として現前させている。巨人のごとき何ものかがたわむれに石を投ると霧の村の父母たちが虫のようにわらわらと散るという無邪気で残酷な童話のような画面も、かつて見捨てられ、いまも身捨てられつつある日本の「村」というものの現実を、近代どころか近代以前にまでさかのぼる歴史的スパンで集約している。そして、古代以来の敗者の土地・東北の「白い花盛り」、半死の冷えた「人体」の眼に映じる白く豪奢なイメージの花束は、敗者たち・死者たちへの鎮魂の手向けのようでもあり、またきたるべき再生・復活への祈願をこめた予祝のようでもあるだろう。

この三句はまぎれもなく超現実的イメージによって「造型」された社会性俳句であり前衛・兜太の代表句である。しかしまた、これらはことさら「社会性」や「前衛」という限定辞を冠する必要もない二十世紀の名句である。

4 「無神」という言挙げ

以上の長い前置きの後で、あらためて掲出すれば、

無神の旅あかつき岬をマッチで燃し　(『蜿蜿』)

私は、この句には「前衛」という限定辞があるべきであり、むしろ「前衛」と冠することによってその本質がくまなく輝き出すたぐいの作品なのだと思っている。

この句の芸術的（俳句的）前衛性の焦点は「あかつき岬をマッチで燃し」の超現実的イメージにある。それは表現主体・金子兜太の手法に属する。一方、政治的前衛性はこの句の語り手＝

主人公の言動全体が担っている。

この語り手＝主人公もあかつきの闇のなかでマッチの「一つ火」を点す。しかしこの「一つ火」は赤黄男や寺山のように夢想的内面性や内的思弁へといざなうのではなく、岬を燃すというすさまじい行為へとみちびくのだ。

もちろんマッチ一本で岬を燃すという行為など現実にはありえない。たぶんタバコを吸うためにつけたマッチの炎が暗い岬をつかのま明るく照らし出しただけなのだろう。実際、作者自身そのような自作解説をしている。だが、それでは「岬をマッチで燃し」は「岬をマッチで照らし」の過激な誇張表現だということになってしまう。そういう理解は日常的なリアリズムの圏内にいる読者を安心させるかもしれないが、作品の理解としてはまったく転倒している。そもそも作品を読む目的は作品を事実に還元することではない。作品は現実とは異なる位相に開かれた言葉の世界なのである。

句は「岬でマッチを燃し」でも「岬をマッチで照らし」でもなく、あくまで「岬をマッチで燃し」なのである。我々は誇張法だと知って感動するのではなく、一読、端的に、「岬をマッチで燃し」という大胆きわまるイメージの暴力性に驚くのだ。

句の焦点は「あかつき岬をマッチで燃し」の放胆な行為の衝撃力にある。不吉な「一つ火」は暴力的で破壊的な大災厄をもたらしたのだ。

だが、そもそも冒頭、語り手＝主人公は、この旅は「無神の旅」だ、と宣言している。強力な思想的圧力下にある一神教の風土と違って、アニミズム的かつ多神教的な戦後日本──西洋一神教を模して作為された「現人神《あらひとがみ》」自身の神性自己否定、いわゆる「人間宣言」から戦後は始まった──では、無神論を標榜することに思想的緊張などたいして要しないかもしれない。しかしまた、この国には、巡礼や遍路といった信仰者たちの「有神（有仏）の旅」はあっても「無神の旅」などというものはなかった。芭蕉の旅だってみんな「有神（有仏）の旅」だったし、旅先での芭蕉の句はどれも土地の神霊への挨拶句だったとみなしてもかまわない。

だが、この語り手＝主人公は、敢えて「無神の旅」を標榜する。そんな旅は、ことに俳句（俳諧）史においては、稀有の例外である。だからこれは反伝統の明確な意思表示であり自己主張である。「無神の徒として、反伝統の徒として、旅びと我ここに在り」と彼は宣言するのだ。

そして、言語行為論によれば、宣言することは既定の事実の事後的な陳述・記述ではなく、それ自体が主体的な、世界に新たな局面をもたらす行為の遂行にほかならない。制度上の有資格者の「ここに国会の開会を宣言する」という発話は、実際に国会を開会させるのである。だからたとえば、

果樹園がシャツ一枚の俺の孤島　（『金子兜太句集』一九六一年）

も変奏された「俺」の宣言として読める。たとえ他人の地所であろうと、こう宣言した時から、世界の秩序は更新され、果樹園を「俺」の所有とする世界が開かれるのだ。

またたとえば、多少の逸脱を承知で書いておけば、私には後年の

谷間谷間に満作が咲く荒凡夫　（『遊牧集』一九八一年）

も一種の宣言のように思える。これは既定の事実の「写生」などではないし、かといって「心象風景」などという言葉では弱すぎる、このとき兜太の想像力は、秩父上空を滑空しながら「満作が咲く」と触れ回っているのであり、彼がそう宣言するとき、たしかに、見下ろす谷間谷間に次々と満作の花ざかりが出現するのだ、と。詩的に変容された宣言は、発語によって世界に働きかける呪的行為にも似るのである。

だから、赤黄男の〈一本の〉も寺山の〈マッチ擦る〉もマッチを擦るという行為から内面性へと移調・収斂していったが、宣言に始まって放火に到る兜太の〈無神の旅〉は、徹頭徹尾行為の世界なのだ。金子兜太は、ヒロイックで悲劇的な死のイメージを詠んでも、

朝はじまる海へ突込む鷗の死　（『金子兜太句集』）

と、心理の陰影など介入する余地のない、明快な行為の世界として詠んだ男である。

ちなみに、後に兜太は

暗黒や関東平野に火事一つ　（『暗緑地誌』一九七二年）

と詠む。蜂飼耳が「生きもの感覚を見つめる」（『いま、兜太は』所収）で指摘しているとおり、これもまた、狭くとがった「岬」ではなく広く開けた「平野」の、しかし一面の闇の中で燃える「一つ火」、凶々しい災厄そのものとしての「火事」である。だが、この句の兜太は自ら行動する人ではなく、見る人、目玉の人である。

それにしても、「無神」とは不敬にして不敵きわまる宣言だ。まさしく「荒凡夫」の宣言というべきか。ならば、マッチで岬を燃すという行為の不逞さもまた、傲岸不遜なこの「荒凡夫」にいかにもふさわしい所業ではないか。

宣言するとは、旧い日本語でいえば、「言挙げ」することである。「一つ火」が古来忌むべき行為なら、「神ながら言挙げせぬ国」（柿本人麻呂）においては、「言挙げ」もまた不吉を招く行為だった。

　とりわけこれは神をも畏れぬ「無神」の宣言である。この山の神など素手で取り拉《ひし》いでくれる、と伊吹山で豪語したヤマトタケルのようだ、といおうか。あるいは、大山《だいせん》の神の祟りをものともせず、「それ何事かは（そんなことは何でもない）」とうそぶいて神域を侵した『樊噲《はんかい》』（上田秋成『春雨物語』の一篇）の荒ぶる若者のようだ、といおうか。

　しかも、「言挙げ」したがためにヤマトタケルは神の怒りに遭って死を早め、『樊噲』の若者は神の懲らしめで痛い目を見るのだが、「無神」を標榜する金子兜太のこの語り手＝主人公は、「言挙げ」をし、「一つ火」を点し、岬を焼き払う、という三つもの秩序侵犯をたてつづけに敢行して無事なのである。まさしく「無神」の世界にちがいない。

　そもそも、「神（＝天皇）」の復位（王政復古）から始まった日本のねじれた近代とは逆に、本来の近代社会は「神（＝王権神授説の王）」を殺すこと（フランス・ブルジョワ革命）から始まったのであり、それでも殺しきれなかった「神」を最終的に殺しきるために唯物論革命（プロレタリア革命）も構想されたのだった。その意味で、「無神」とは六〇年代の政治的（革命的）前衛に最もふさわしい思想表明にほかなるまい。

　その彼が海に突き出た陸地のはずれ、その尖端部に火を放つ。旅びとだという彼は、もしかすると、革命の工作員としてこの岬にやって来たのかもしれない。ならば彼は、宗教的革命者だったイエス・キリストに倣って、悪しき世界に終末をもたらすべく「地に火を投じる者」（ルカ伝）である。二十世紀の無神論者による「キリストのまねび」（トマス・ア・ケンピス）である。

場所は「あかつき岬」。「あかつき／岬」と区切って読んではなるまい。あくまで「あかつき岬」というシンボリックな名の岬であって、その名のコノテーションとして「あかつき（に、の）」という時刻限定が生じるのだ。「あかつき」とは、夜明け前、未だ暗い時刻のこと、そして「夜明け前」とは、すでに島崎藤村の小説においても革命（維新）前夜を意味していた。それなら、ここに燃えあがる炎は、中央から遠く離れた辺陬の地に発する革命の先触れの烽火ともなるだろう。

実はこの〈無神の旅〉には「竜飛岬にて　十七句」という前書があって、その連作の最後の句である。

青森県出身の寺山修司は「さらば、津軽」の連載第一回（「現代の眼」一九七六年十一月号）で、本州最北端の二つの半島について、下北半島は『罪と罰』のラスコーリニコフが振りかざした斧のようだ、津軽半島はその斧に割られる金貸しの老婆の頭蓋のようだ、とたとえていたが、竜飛岬は斧で打ち割られるその津軽半島の尖頂に突き出た岬である。

ならば、この前衛が貧しい東北のひときわ荒涼たる夜明け前の岬に放った炎は、たしかに、辺境革命、窮民革命、土着革命の火の手であろう。それは一九六八年当時の学園闘争や新左翼の都市型革命理論とは逆に、むしろさかのぼって、五〇年代の山村工作隊や毛沢東主義につながる革命ヴィジョンに近いかもしれない。ソ連型社会主義への絶望が新左翼に反帝国主義と反スターリニズムの両方を掲げさせずにおかなかった六〇年代末にあっても、知識人・学生の貧しい地方農村への「下放」を強行していた文化大革命のさなか、中国革命の指導者・毛沢東はなお（あるいは、再び）あやしくもまばゆい光暈をまとっていたのだった。そしてさらに、近代日本における大規模な窮民蜂起の先駆け（後続のない先駆け）が秩父困民党だったことを思い出せば、それは秩父生れの金子兜太にふさわしい革命ヴィジョンだともいえるだろう。

以上、私はこの作品《テクスト》をほぼくまなく読んだつもりである。しかし私は、ここに提示した土着革命のヴィジョンが作者・金子兜太の心内にあらかじめあったヴィジョンだなどと主張するつもりはない。実際、この侵犯に継ぐ侵犯は句の語り手＝主人公の行為であって、作者自身の行為ではない（作者と語り手＝主人公は同一ではない）。だが、作者の心内にこの過激なヴィジョンがまったくなかったとも思わない。言葉というものは、作者が意図しようがしまいが、結果的に、当人の意識化できない「深層意識」まで含めた「人間の全面」を表現してしまうものなのだから。

言葉の意味作用というものは、作者の意図を裏切り管理をすり抜けて自走してやむことがない。だから、作品《テクスト》には唯一絶対の「真理＝意味」などというものはない。作品に対しては作者もまた特権なき一読者にすぎないのである。そこに生じる多数の読み方は、テクストという言語世界の中で、時には間テクスト的な広がりの中で、その整合性や説得力を互いに検証し合いながら優劣を争うしかないのである。だから、読むという行為が開くその地平はアナーキズムの世界に似ているかもしれない。しかしそれは「神（＝王）」なき時代の究極の民主主義にも似ているだろう。

5 肉体と土俗——六〇年代前衛として

とはいえ、これではあまりに金子兜太を「政治化」してしまうことになるだろう。私は急いで、この革命ヴィジョンを文化論的文脈に移して補正しておかなければならない。

金子兜太が十年ぶりに東京の日銀本店に帰ってきた一九六〇年、反安保闘争が敗北し、三井三池争議も組合側の敗北に終わった。以後、広範な大衆に支えられた反体制運動は消滅し、労働運動もいわゆる労使協調路線へと舵を切り始める。六〇年代は、保守の勝利、反体制運動の敗北とともに始まったのだ。

岸信介退陣の跡を襲った池田勇人首相は、政治を争点から外して所得倍増計画を宣言し、その経済成長戦略は成功して、六四年の東京オリンピック開催という一大イベントを迎える。政治の時代が終わって経済の時代が来た、社会運動の時代が終わって私生活優先の時代が来た、ということだ。

俳壇では、六一年末、中村草田男ら有季定型派が現代俳句協会を離脱して俳人協会を設立し、草田男が会長に就任した。俳壇の「保守帰り」の始まりである。

兜太自身は後に『存在者　金子兜太』で、「昭和三十五年（一九六〇年）に例の安保闘争があって、その後古典帰りの雰囲気が文化全般に出てきていた」と述べて、「寒雷」以来の付き合いだった安東次男が芭蕉研究にのめりこんだり、海軍経理学校以来の知己だった村上一郎が共産党を離党して北一輝を称揚したり三島由紀夫に親近し始めたりしたことなどを例に挙げている。

たしかに、「保守帰り」「古典帰り」が始まっていた。『蓮田善明　戦争と文学』の冒頭で述べたように、戦時下の国粋主義者として排除されてきた保田與重郎が解禁されて文壇復帰するのも六〇年代のことだった。

思想史的には、一九六〇年の反体制運動の敗北は、戦後の近代化（民主化）運動を領導してきた「近代主義」による啓蒙の挫折、と位置づけるのがわかりやすい。啓蒙によってはついに大衆は動かなかったのである。桑原武夫の「第二芸術」論も典型的な「近代主義」の産物だったが、近代（資本主義）の超克を訴えたマルクス主義も、「真理」の啓蒙と理性による統治を理念とする点では、究極の「近代主義」にほかならなかった。

したがって、六〇年代、大衆的基盤を喪失した新左翼思想がセクト化と痙攣的な過激化に走る一方で、大衆という「非理性」なるものの再検討を思想的課題とする動きが生じた。大衆こそは「前近代」であり、非合理なナショナリズムの温床そのものなのである。

そういう六〇年代の思想的モチーフを、いちはやく一九五九年に、「歴史的限界」を有する保守思想家とみなされていた柳田国男の再評価に託して、「前近代的なものを否定的媒介にして、近代的なものをこえようとする」(「柳田国男について」『近代の超克』所収)と定式化したのは花田清輝だった。肝心なのは、ただの「保守帰り」「古典帰り」ではなく、それを「否定的媒介」とする、ということだ。

実際、たとえば村上一郎の明治維新人物研究や北一輝論などは、非合理な日本型革命家のエートスに迫ろうとしたものだった。その意味では、花田と論争において敵対した吉本隆明もまた、大衆とナショナリズムとの関係分析から「大衆の原像」論へ、さらに『共同幻想論』へと至る思想的過程は、まぎれもなく、啓蒙とは異なる方法で、つまりは前近代を否定的媒介にして近代を超えようとする試みだったのである。

音楽の世界では武満徹が琵琶などの邦楽器を導入し、美術の世界では岡本太郎が縄文土器などの原始美術のモチーフを導入し、演劇の世界では寺山修司や唐十郎が異形の身体性や土俗性をあざとくもキッチュな意匠として導入した。異形の身体性そのものの表現を追求した土方巽が自身のパフォーマンスを「暗黒舞踏」と名乗ったのも六〇年代初頭のことだった。文学の世界では、近代によって理不尽に踏みにじられた辺境の地で、石牟礼道子が土俗言語を用いた巫女的な聞き書きスタイルを含む文章（後に単行本『苦海浄土　わが水俣病』一九六九年）を発表したのも六〇年代のことだった。邦楽器も縄文土器も身体も土俗も方言も巫女的語りも、理性的啓蒙が置き去りにしてきた「前近代」であり、近代を超えるための「否定的媒介」だったのである。

これが文化諸ジャンルを横断して生じた六〇年代の「前衛」だった。したがって、前節で述べた兜太〈無神の旅〉の「辺境革命」のヴィジョンとは、文化論的文脈に変換すれば、近代によって周縁へと追いやられていた「辺境」という「前近代」を「否定的媒介」として近代を超えようとするヴィジョンのことにほかならないのである。

もちろん、デカルトの心身二元論（心＝理性の優位）が近代的人間観のモデルなら、兜太俳句の一貫した主題だった身体性もまた、近代思想における抑圧された「辺境」だったのである。その意味で、「近代化」のやり直しから出発した金子兜太は、最初から、自らのモチーフの根底に、近代を超えるための「否定的媒介」を内蔵していたのだ。

なるほど俳壇は「保守帰り」を始めたかもしれないが、金子兜太はこうして、六〇年代前衛の王道に立つことになる。

そして、留意すべきは、この前衛性が、皮肉にも、政治状況に規定された「社会性」の後退と引き換えに獲得されたものだった、ということである。

この点については、『金子兜太集』第一巻の解題で安西篤が『暗緑地誌』(一九七二年)に簡潔的確なコメントを付している。「この時期、いわゆる七〇年安保という反戦活動はみられたものの、六〇年安保ほどの盛り上がりもみせず終息していった。訴える詩の無力感がつのり、内向する漂泊感をもてあましながら、兜太は生《なま》な存在感の原質に迫ろうとしていた」と。『暗緑地誌』は〈無神の旅〉を含む六八年刊の『蜿蜿』に続いて七二年に刊行された句集である。安西のいう「この時期」は『暗緑地誌』に収録された句の制作時期、六〇年代末から七〇年代初頭を指しているようだが、もっとさかのぼって、六一年からの句を収録した『蜿蜿』にもそのまま適用できる。

何しろ『蜿蜿』には、つづく『暗緑地誌』という語を予感させるかのような

森の奥のわれの緑地が掘られている

という句がすでにある。森の奥の緑地は「暗緑」の地にほかなるまい。かつて〈果樹園がシャ

ツ一枚の俺の孤島〉（『金子兜太句集』一九六一年）と領有宣言した兜太の土地は、早くも何者かのために荒らされていたのだ。

実際、『蜿蜿』からかつての「社会性」を連想させる句を探しても、

ウランが降るビルの裏側真っ蒼で
追うものなし廃坑離脱の逃げる鼠
夜霧の車窓デモ解散後の誰も映り
誰もかなしくぎらぎらの灯の操車区過ぐ

ぐらいのものだ。しかし、核実験反対運動を連想させるかもしれない〈ウラン降る〉は無力に蒼ざめるばかりであり、三井三池争議を連想させるかもしれない〈追うものなし〉はもはや逃げ出す鼠を追うものとてない廃坑であり、「デモ」はすでに解散し、労働運動の中核たる国鉄労働者の夜の労働現場を詠みつつ朝鮮戦争への物資輸送を阻止しようとした五二年の吹田操車場事件を連想させるかもしれない〈誰もかなしく〉は文字どおり「かなしく」通り過ぎるだけなのだ。

そういう「すべて終わってしまった」という無力感の散在する焦点のように、

雨天へ曝す屋上ばかり思惟萎えて
三日月がめそめそといる米の飯
陽の中の眼裏の斑死は睡りか

などの心懐の表白があちこちに置かれ、そうして衰弱した生命力を無理やり賦活したがってい
るかのように、

木登りの陰《ほと》みえずさびし都心の森
鮭食う旅へ空の肛門となる夕陽
最果ての赤鼻の赤摩羅の岩群《いわむれ》

などと、いま眼前には存在しない生殖器や排泄器官、すなわち人間の生命の身体的根源への、ほとんど強引な幻覚的直示がちりばめられるのだ。

『蜿蜿』の中心は、〈無神の旅〉が詠まれた津軽半島の竜飛岬、秋田の男鹿、北海道、下北半島の尻屋崎、千葉の富津岬、またまた津軽、といった相次ぐ旅における連作旅吟である。こう

した辺境の地を選んでの頻繁な旅も、やはり、衰弱した生命力の賦活が目的だったろう。事実、それらの旅吟は都市の日常句に比べて格段に生き生きしている。たしかに、都会で衰弱した兜太の生は、辺境において賦活するのだ。〈無神の旅〉はその賦活宣言といった色彩も帯びている。

そして、状況関与的な「主題の積極性」を失った状態で、自らの俳句の賦活を求めて、生の根源たる身体へ、土俗の根源たる辺境へ――『蜿蜿』で始まっていたそういう兜太の志向は『暗緑地誌』でいっそう顕著になる。『暗緑地誌』というタイトルについて、兜太自身、句集あとがきで、「暗鬱な生命力のアレゴリーかもしれない」と述べているが、「暗鬱」なのは、この「生命力」が発散の方途を封じられているからである。

私は最後に、その『暗緑地誌』から、「兜太三句」で言及した「古代胯間抄」連作十一句を引いておく。現実のどこにも存在しない幻想の土地での虚構の旅吟みたいなものだが、この一連の生命讃歌は前衛兜太の絶唱である。それはしかし、私には、終焉を迎えつつあった六〇年代前衛の壮麗な末期《まつご》の焔のようにも思われてしまうのだ。

泡白き谷川越えの吾妹《わぎも》かな
雉高く落日に鳴く浴みどき
胯深く青草敷きの浴みかな

森暗く桃色乳房夕かげり
髪を嚙む尾長恥毛《しもげ》に草じらみ
陰《ほと》しめる浴みのあとの微光かな
黒葭や中の奥処の夕じめり
唾粘り胯間ひろらに花宴《はなうたげ》
谷音や水根匂いの張る乳房
谷に鯉もみ合う夜の歓喜かな
瞼燃え遠嶺夜空を時渡る

なお、この「古代胯間抄」の男女は「うっかり降臨場所を間違えたちょっと愚かな二神」みたいだと「兜太三句」に書いた私は、後になって、兜太ゆかりの秩父両神神社の祭神がイザナギ・イザナミ二神であることを知ったのだった。

ただし、晩年の兜太自身は「両神」は狼を表す「龍神」の転訛だと考えていたようだ。

おおかみを龍神《りゅうかみ》と呼ぶ山の民　　（『東国抄』二〇〇一年）
龍神の両神山に白露かな　　（同）

四　前衛兜太（二）

――イロニーから遠く離れて

1　金子兜太はイロニーを知らない？――三鬼と兜太

まず、以前書いたこんな小文から（「てんでんこ」十号　一八年十月発行）。

「狂女死ぬを待たれ空には滅多矢鱈の線」

ぽつくりと死《しぬ》が上手な仏哉　小林一茶

庶民意識に寄り添った一茶らしい句だが、周囲に迷惑をかけず「ぽっくり」逝きたいとは、「長寿大国」となった現代日本の大多数の年寄りの願いでもあるだろう。だが、西部邁のように自殺を強行する以外、人は死に方を選べない。悪くすると、ただ生かされているだけの、死ぬのを待たれているだけの状態に陥る危険は誰にもある。そして、死ぬのを待たれるのは老人ばかりとは限らない。

狂女死ぬを待たれ南瓜の花盛り　西東三鬼

敗戦間もない昭和二十三年の句だ。まだ若い狂女と見る。彼女はいま衰弱して死の床に就いているのだろう。家族はやっと「身内の恥」から解放されるのだ。「南瓜の花盛り」は対比的に植物界の旺盛な生命力を示す。観賞用の花々でなく、無骨で野卑で生活の実質と結びついた濃黄色の南瓜の花々だ。戦時中に食糧増産の国策に従って庭に作った南瓜畑かもしれない。

三鬼は「事実」を叙しているだけだ。だから一見酷薄に突き放しているように見える。しかし、その酷薄さの背後に、「死ぬを待たれ」ている狂女への、彼女の死を待つしかない家族への、三鬼の抑えた同情も読み取れるだろう。その反転可能性が俳句形式特有のイロニーというものだ。

この句といつも一対で思い出す句がある。今年二月に九十八歳で「大往生」した金子兜太の一九七〇年ごろの作である（晩年の兜太は一茶が好きだった）。

横臥の老女空には滅多矢鱈の線　　金子兜太

この老女も「死ぬを待たれ」ている、少なくとも死に瀕している、と私は読む。「横臥の老女」という俳句らしからぬ言い方が、彼女をモノのようにごろりと投げ出しているからだ（「老女横臥して」ならそうはならない）。「空には滅多矢鱈の線」がまた金子兜太ならではですさまじい。たぶん電線なのだろうが、描写は具象的であるべしという常識など平然と無視している。しかし、もはや電線を電線として同定することもできないほど老耄し衰弱した彼女の意識状態に対応している、と読めば、これほど「事実」に即した「具象的」な表現もないだろう。

ただ、一点の不満がある。なぜ「老女」であって「老婆」でないのか。「老婆」といいにくい何かが現実の対象女性にあったからか。だが、そんな配慮は作品にとっては無用のことだ。「婆」の句などいくらでも作ってきたではないか。音だって「オーガノローバ」の方が絶対いい。ごろりと投げ出したからには徹底して突き放すべきだったのだ。酷薄な突き放しが情愛の表現へと反転するという俳句的イロニーの効能を兜太は信じるべきだった。金子兜太はイロニーを知らないのである。

かなり乱暴で舌足らずな小文だが、兜太俳句に対して私が時折感じる違和感は、この問題と切り離せないのである。

もう一つ、三鬼と兜太を比較してみる。

広島や卵食ふとき口ひらく　西東三鬼

敗戦から二年後の一九四七年、広島を訪れた際の「有名な街」と題する連作の一つである。原爆被災都市として世界的に「有名な」街だ。だが、三鬼が詠むのは、ゆで卵を食うというささいで日常的なことがら、しかも、卵を食うとき口をひらくのはわざわざ詠むにも値しないあたりまえのことにすぎない。三鬼は世界史上の異常な「大問題」を背負わされた地名を掲げながら、ほとんど無意味な、とるにたらぬ小さなしぐさへと焦点をずらすのである。これがイロニーだ。

「広島や」という過大な意味作用を帯びた地名の提示と無意味・非意味な些事との落差にしばしとまどったのち、やがて読者に意味の了解が訪れるだろう。広島の惨状を目の当たりにした彼はこれまで口を開けなかったのにちがいない、いま卵を食おうとして初めて口を開くのだ、黒い空洞のように開いたこの口は、だから、呑みこみにくいものを無理にも呑みこもうとしているのだ、と。そのとき、意味了解にいたる寸前でしばし味わった非意味に宙づりされたような感覚は、あらためて、了解不能なものの前に佇たされた不気味な感触として、この街がこうむった理不尽な運命と重なるように、もう一度読者の心に再帰するだろう。

ひるがえって思えば、「有名な街」という連作タイトルにもイロニーは潜んでいる。広島は「有名」になりたくてなったわけではない。巨大な暴力によって「有名」にさせられたのだ。「有名」なのは公の、世界史規模の、問題である。だが、文学は公の問題に依存してはならない。文学は公の「大問題」をいま・ここにあるちっぽけなこの「私」の具体の領域に引き下ろさなければ、表現に血が通わない。ことに俳句はそういうものだ。「卵食ふとき」は、たしかに、「広島」という公的大問題を小さな私的領域に奪い返したのである。つまり、「有名な街」というタイトルには、広島を公的大問題としてのみ語る言説への、文学の立場からの、ひそかな批判が、すくなくとも違和感が、一種の皮肉として、隠されている。つまり三鬼は、社会通念に対して斜《はす》に構えている。これがイロニーである。

一方、金子兜太の広島の句はこうだ。

霧の車窓を広島走せ過ぐ女声を挙げ　『少年』

三鬼の句の二年後、一九四九年に広島に立ち寄った際の句である。彼の乗る車中で女たちが不意に甲高い声を発したのか、それとも汽車の発した汽笛を女の悲鳴のように聞いたのか。『わが戦後俳句史』では、「広島駅頭は売春の女性がいたるところに立っていました。霧がまいてきて、瓦礫と化した街全体から悲鳴のように女性たちの声が聞えてくるようにおもえてなりませんでした」と書いて、句の「女声」には「じょせい」と（かなり無理のある）ルビを振っている。ならば、広島という街そのものが女の悲鳴のような声を挙げた、ということになる。

兜太は「広島」という「大問題」を正面から受け止めようとしているのだ。そのため、句ははちきれそうだ。「女声」を「じょせい」と読んでさえ各句字余りの二十一音、あまりに多くの事象を詰めこんでは、このとき、「女声」は、まるで、背負いきれない「大問題」を課されて俳句という小器そのものが挙げる悲痛な、騒然たる、悲鳴のようではないか。たしかに、金子兜太はイロニーを知らないのだ。

2　文学とイロニー

以下、しばらく兜太を離れる。

イロニー（アイロニー）は、日常的には反語や皮肉を意味する。それはたとえば、「あなたは賢明な人だ」と褒めながら相手の小利口な処世術を批判し、「あなたは愚かな人だ」とけなしながら偽りのない善良さへの愛情を表明する。つまり、イロニーは二重化された言表であり、表立っての言表内容を背後に隠された意味が否定し、裏切る。表と裏で意味が反転し、愛は批判になり、批判は愛になる。

たとえば、ソクラテスは、自分は無知だと自称しながら、知を誇示するソフィストたちを質問攻めにして彼らの論理を破綻に追いこみ、ついに彼らの無知を暴露してみせたが、ソクラテスのその方法はイロニーと呼ばれた。ソクラテス的イロニーにおいても、知は無知へと、無知は知へと反転するのだ。

したがって、イロニーはやつし（偽装としての卑小化）の論理をともなう。「天下の副将軍水戸黄門」が百姓姿に身をやつして諸国漫遊するように、偉大な知の人・ソクラテスも無知を装って登場する。そして、彼のイロニーがその論理を貫徹するとき、卑小な愚者は偉大な知者の真姿を開示し、ソフィストたちは、悪代官が水戸黄門にひれ伏すように、尊大な賢者から卑小な愚者へと転落するのである。かくして、イロニーにあっては、大は小であり小は大である。

卑小を装うイロニーは、決して声高に主張しない。イロニーはむしろ小声で、時には裏声で、語る。それは肯定しながら小声（裏声）で否定したり、否定しながら小声（裏声）で肯定したりする。つまり、イロニーはいさぎよくない。それは一見どっちつかずのあいまいな話法であり、肯定と否定、愛と批判のあいだで微妙に揺らぐ両義的な話法である。

イロニー的主体は、冗談めかして真実をいうこともあるし、真面目な顔で冗談をいうこともある。ちっぽけなことをあげつらいながら大きな何かをあてこすっている場合もあれば、自嘲に見せかけて世間を批判していることもある。イロニー的主体は屈折していていかがわしくて不真面目で、うかつに信用できない。

だが、そのいかがわしさによって、イロニーは言表主体の「真意」を捕捉困難にする。イロニーはなかなかしっぽをつかませないのだ。したがって、イロニーは言論統制下で検閲の目をかすめてものを言うための技術にもなる。それはたしかにいかがわしくていさぎよくないが、弱小なものが生き延びるためのしたたかな処世術でもあり、またしぶとい抵抗の方法でもある。

三鬼の「有名な街」連作について、山本健吉は『現代俳句』で、「広島」という固有名詞に「もたれかかった感じ」がある、と批判的に述べている。つまり、私がイロニーとして読んだタイトルを、山本は字義どおりに受け止めている。イロニーは偽装された話法なので、表に現れたみせかけの姿（言表）が本物（真意）であるかやつし（偽装）であるか、判断が分かれがちなのだ。日常的には、相手の日頃の言動や言表の際の表情や身振りが判断の指標（手がかり）になるが、文字で書かれた文章にはそういう指標のない場合が多いのである。

だから、巧妙なイロニーは意味の非決定性を保持する。それは意味の反転可能な両義性を、さらには不確定に揺らぎつづける多義性を、作り出す。両義性や多義性は日常会話にあっては不都合な誤解の因だが、文学、ことに詩にあっては本質である。よって、イロニーは文学言語の本質にも通じる。

たとえば、近代小説の祖とされる『ドン・キホーテ』で、セルバンテスは、自分を騎士物語の主人公だと錯覚した男の滑稽な遍歴を語りながら、スペイン社会の現実を描き出してみせた。それは一見、愚かな主人公への、つまりは荒唐無稽な中世騎士物語への、近代リアリズムによる批判のように見える。だが、この長篇を読み進むうちに、読者は、主人公の高潔で無垢な魂に魅かれ始めるだろう。この高潔で無垢な魂には、近代の世俗的リアリズムの人間観による汚れがない。純粋な善や正義の存在を信じるそれは、物語によって涵養された高貴な魂である。つまりドン・キホーテには卑小さと高貴さが同居している。だから、『ドン・キホーテ』という小説は主人公(物語)の愚かさを批判しつつ愛している、あるいは、愛しつつ批判している。近代小説は物語を単純に否定したのではない。それは物語に対する肯定と否定、愛と批判の両方を保持して、つまりは一種の「批評」として、誕生したのだ。その意味で、小説は物語のイロニーである。

イロニーが文学言語の本質たり得るのは、意味の多義性だけによるのではない。イロニーにおいては、相手を賞讃しているかに見せかけつつ実は小馬鹿にしている、というような事態がしょっちゅう起こる。そのとき、表に現れた言表は嘘(虚偽)である。だから、言表主体は言表内容に拘束されない隠れた内面の自由を確保できる。文学における作者と作品(虚構)との関係もそういうものだ。

作者が凄惨な殺人やおぞましい破倫を描いても許されるのは、作品が嘘（虚構）だからである。だから、イロニーを創作原理として掲げたドイツ・ロマン派の作家たちは、作品の随所に、これは虚構にすぎない、というメタ・メッセージを仕込んだ。作品が作品自身の虚構性に自己言及するそのメタ・メッセージは、いわば作品の自意識である。またそれは、読者にも、作中にのめり込んで作中世界を現実だと錯覚するのでなく、逆に、覚めた批評意識を保持しつづけることを要求する。その意味で、イロニーは自意識と批評意識を内蔵している。

こうして作者は社会の現実倫理に拘束されない自由を享受する。ドイツ・ロマン派はそれを、作者は創造の自由と破壊の自由を同時に確保している、と定式化した。超越的な「神」が世界を創造しかつ破壊する絶対の自由を確保しているように、作者もまた、自身の創出した世界を超えた存在だからである。しかし、「神」なるものがこの世界に内在しない虚構の観念であるのと同様、作者もまた、この現実世界から身を抜いた「虚」としての主体であり、彼の自由も「虚」としての自由である。だからヘーゲルは、ドイツ・ロマン派のイロニーは主観的内面性に閉じこもった空虚な「自由」にすぎない、と批判した。戦後の金子兜太が参照したマルクスとエンゲルスは、さらにそのヘーゲルをも空虚な観念論として批判することになる。

3　俳句とイロニー

戦後まもない時期に俳句イロニー説を唱えたのは、国文学者にして俳人の井本農一だった。井本が「俳句本質論」（一九五〇年）などで述べるところを、前述のイロニー論と絡めながら私流に早口にパラフレーズすれば、以下のようになる。

滑稽を原義とする俳諧は、和歌という雅なるものに対する俗なるものだが、たんなる俗ではない。たとえば芭蕉は〈こがらしの身は竹斎に似たる哉〉（井本は「狂句こがらしの」で定着しつつある冒頭の「狂句」を句の前書とみなしている）と詠んだ。仮名草子の主人公・竹斎は、風狂のあまり滑稽な失敗を繰り返しては世人に笑われる、いわば風狂のドン・キホーテみたいな男である。この句の「こがらしの」を「乞食する」にでも変えれば、句はただの俗に堕すが、芭蕉が選んだ「こがらしの」は伝統的な詩語（歌語）である。つまり芭蕉は、俗を足場にしながらも雅の伝統を保持しているのであって、その意味で、近代小説が物語のイロニーとして誕生したように、蕉風俳諧は雅の単純な否定ではなく、雅に対する愛と批判を共に保持したイロニーとして誕生したのだ。それは俗であって俗でなく、滑稽であって滑稽でない。したがって、芭蕉が自分を竹斎になぞらえたのも、卑下や自嘲でなく、やつしである。芭蕉は身を低くしながら、実は、詩を解さぬ世俗世界を批判しているのだ。かくして蕉風俳諧には、伝統と伝統批判が、雅と俗が、互いに否定的契機を介して共存している。この性格は子規以後の近代俳句でも変わらない。だから、「広島」という大問題と「卵食ふ」という日常些事を並べた三鬼の句のように、相反する契機を相互否定的に共存させた「イローニッシュな対象把握」こそ俳句の俳句性（本質）であって、これを失えばたとえ十七音形式であってももはや俳句とはいえなくなる。――というのがおおよその井本の所論だ。

井本農一が発生史論的に述べたことを主体論の観点で補えば、俳諧（俳句）の主体はまぎれもなく「虚」の主体である。芭蕉自身、西行や宗祇といった中世隠者文学の系譜に、つまりは世俗世界（社会性）から身を引いた脱俗者の文学にあこがれた。西行や宗祇は雅の伝統に連なる真面目な求道者だが、俗で不真面目な竹斎だって滑稽にまで至るその風狂性において脱俗者である。彼らは世俗的には非生産的で権力とも実利とも無縁の脱落者、敗北者、無用者と見えるが、脱落者として低い位置に身を置くことで、詩という超俗的な高い価値をイローニッシュに探究するのだ。

隠者文学としてのこの脱俗性自体が近世町人社会で俗化すれば、俳諧は雑俳をひねる隠居文学のごときものになるだろう。それは頽落としての大衆化だが、しかし、中世の隠者にせよ近世の横丁の隠居にせよ、「社会性」から退隠した「虚」の主体であることに変わりはない。

「虚」の人と名乗った高浜虚子は、「接社会的態度」を説いた碧梧桐に反対して、「客観写生」や「花鳥諷詠」を掲げることで、俳句と俳人を社会や政治といった危険な領域から隔離することに成功した。「ホトトギス」の圧倒的な成功は、社会心理的にはこの一点が大きかったはずだ。虚子は俳句の「隠者性」を近代的にアレンジして俳人を保護したのである。むろん、俳句作者も実人生においては苛烈な実社会を生きているのだが、虚子の保護下にいる限り、俳句の表現主体としては「虚」であり得る。

そもそも「俗なる詩」である俳句は発生時から詩（雅）のやつしなのだが、加えて、俳句形式もまたイロニーになじみやすい。短歌の下の句を棄てたうえに季題を必須とした俳句では、事物を描写するだけで作者の主観（真意）は背後に隠してしまうのだし、その描写（写生）にしても隙間だらけ、空白だらけだ。この空白が解釈上の揺らぎ（多義性）を生む。しかも切れ字「や」は意図的に流れを切断して空白を作り出し、取合せ（配合）と呼ばれてきた技法は空白を介して矛盾する二物を同居させて「イローニッシュな対象把握」に奉仕する。大なるものを小なるもので代替する（やつす）のも俳句の常套だ。そこに俳句の寓言＝寓意性が生じる。そして、大なるものを小なるもので代替すれば、小詩型にも収納できて、ゆとりも生じ、兜太句のようなはちきれんばかりの過度な充溢も回避できるだろう。

4　イロニーと社会性――草田男の場合

イロニーが生み出す多義性は詩に豊かさをもたらす源泉だが、同時に、意味解釈をめぐる抗争の焦点でもある。しかし、俳句の空白は共有された生活様式や美意識を暗黙の前提にしているし、座や結社はたいてい、指導者に従う創作共同体であり解釈共同体でもあるから、ふだんはあまり問題にならない。そのため、俳句は閉じた共同性を超えにくくなるが、共同性の中にいる限り、解釈の抗争は生じることなく、安全なのである。風流、風雅とは、そうした閉じられた趣味の共同性の中で感性や振舞を暗黙のコードに馴致させ洗練させることにほかならない。

イロニーが問題化するのは、趣味を共有しない野暮な他者によって作者の「真意」が問われる場面である。

もちろん原理的に作者の「真意」などわからないし、わからなくても支障はない。いまさら芭蕉に「真意」など訊けやしない。とりわけテクスト論以後の現代においては、「作者」や「真意」なるものが作品の原因でなく、むしろそれらこそ作品解釈の「結果」にすぎない、というのは常識である。しかし、日常の場面で相手の言葉を額面どおり受け取るべきか辛辣な皮肉と受け取るべきかが気になるように、イロニーであるかどうかの判定にはどうしても作者の「真意」が関係してくる。イロニーはテクスト論に逆らうのだ。

とりわけ、俳句作者の「真意」が問題になるのは、社会という解釈共同体が大きく揺らいで深い亀裂を生じた場合、作品が暗黙の了解範囲を大きく逸脱して他者の視線にさらされた場合、ありていにいえば、社会的政治的「大問題」に接触した場合である。

たとえば一九三七年、二・二六事件の報に接した中村草田男は「某月某日の記録」と題してこう詠んだ。

折からの雪葉に積り幹に積り
頻り頻るこれ俳諧の雪にあらず
紅雪惨軍人の敵老五人
世にも遠く雪月明の犬吠ゆる

句はどれも緊迫し、作者の興奮は強く伝わってくる。しかし、その興奮の性質、事件に共感的に感奮しているのかそれとも忌むべき事態に危機的な不安が高じているのか、わからない。わからないながら、歴史的大事件ゆえに、この危険な主題を詠んだ草田男の「真意」が気になる。「ヒューマニスト」草田男という作品外の伝記的な通説を持ちこめば、批判的立場での危機意識だという推測になるだろう。しかし、〈紅雪惨〉の句など、句自体の措辞や意味や響きからは、共感的高揚ではないか、とも思えるだろう。作者の「真意」は隠されたまま両義的に揺らぐのだ。

「某月某日の記録」が当時問題視されたかどうか私は知らないが、敗戦直後の一九四七年、戦時中の草田男の句に託した「真意」が問題になったことが、たしかにあった。「草田男の犬」論争と呼ばれる。

壮行や深雪に犬のみ腰をおとし

一九四〇年の句である。泥沼化した日中戦争下のこと、この雪中の壮行は出征兵士の壮行である。「犬のみ」は、人間たちはみな立って日の丸の小旗を振ったり万歳を三唱したりしていることを言外に示している。

句は事実を叙しているだけのようだが、もっぱら「民主主義」陣営で争われたその争点は、これが、「翼賛」圧力から自由なのは人外の犬だけだというアイロニカルな戦争批判か、人間はみな心から「翼賛」しているという戦争肯定か、批判も肯定もなく「非人情」にただ実景を叙しただけの戦争傍観か、たとえ戦争批判だとしてもそれは戦後的観点から評価に値するような批判であるか、といったことだった。要するに、戦時中の草田男の「政治的立場」が問われたのである。赤城さかえの『戦後俳句論争史』を読む限り、論争ではイロニーという言葉は一度も使われていない。しかし、問題がこの句のイロニー性の有無にあったことはまぎれもない。

私自身は、人間から卑小な、しかも低い姿勢の、生き物へと視線をあえてずらした「犬のみ」を指標として、これをイロニーとみなすが、そのことはいま重要ではない。重要なのは、作者の「真意」を問うこの戦後のまなざしが戦時下の検閲官と同じまなざしだ、という一点である。そして、隠者共同体の無風空間の外には、いつでも、この政治的暴風が荒れ狂い得る、という一点である。

中村草田男は、その倫理志向において、戦前の俳人としては稀有なまでの充溢した、つまりは美的秩序に自足できない野暮な主体だった。倫理性は、実生活を生きる「実」の主体と句を作る表現主体との直結を要請するからである。彼が「花鳥諷詠」全盛の「ホトトギス」にあって「人間探求派」と呼ばれたのも彼の主体が「虚」の主体の枠をはみ出したからだし、初期の金子兜太が草田男を師と仰いだのもそれゆえだったろう。その草田男にして、戦時下、このイロニーがあることに注意しておきたい。(ただし、イロニーによる「真意」韜晦は万全とはいえない。草田男は言論統制が俳句にまで及んだ四一年後半には「自由主義的」と目されて一年半ほど逼塞を強いられたという。)

なお、私は草田男の次の句をイロニーの名句だと思っている。

世界病むを語りつつ林檎裸になる

一九三九年の句である。この年秋、大陸での日中戦争は丸二年を経過し、欧州ではドイツがポーランドを侵攻し、ただちに英仏が対独宣戦布告して第二次世界大戦が始まっていた。世界は病んでいる。しかし、彼はそれを知り、それを語っているだけである。しかも林檎の皮をむきながら。この自嘲。ここには、「大問題」を認識しながら何もできない、無力な知識人の苦い自己認識が刻みこまれているのだ。

「林檎裸になる」と主語化＝主体化されたこの林檎は、彼自身の自己投入した像である。彼は小さな林檎に身をやつし、林檎になる。もはや彼が林檎をむくのでなく、何ものかの力によって彼自身である林檎が裸にむかれていく。世界を制覇している猛烈な暴力が、彼の知識も思想も社会的地位も、何もかも剝ぎ取って、無防備な裸体をさらすことを強いるのだ。この身体化された恐怖の予感とひりつくような無力感。

私がこれをイロニーの名句とするのは、ここに、世界を対象的に認識するまなざしと、世界を認識している自分自身を反省的に見つめる自意識の屈折したまなざしとの両方が、あざやか

1989年11月創立　1990年4月創刊

月刊

機

2021
1
No. 346

発行所　株式会社 藤原書店©
〒一六二-〇〇四一　東京都新宿区早稲田鶴巻町五二三
電話　〇三・五二七二・〇三〇一（代）
FAX　〇三・五二七二・〇四五〇

◎本冊子表示の価格は消費税抜きの価格です。

編集兼発行人
藤原良雄
頒価 100円

大反響『新型コロナ「正しく恐れる」』の著者に、緊急インタビュー！

新型コロナの行方とワクチン接種

国立病院機構仙台医療センター
ウイルスセンター長
西村秀一

▲西村秀一氏（1955-）

冬季に入って気温・湿度とも低下する中で、新型コロナウイルス感染症の「感染者数増加」が日々報道される一方、国内外でのワクチン開発・接種開始のニュースが飛び込んでくる。昨年11月の緊急出版『**新型コロナ「正しく恐れる」**』において、すでに冬場の感染拡大への警戒を訴えていた西村秀一氏に、新型コロナの動向とワクチンのメリット／デメリットについて、最新の見解を聞いた。（聞き手・構成＝井上亮）　**編集部**

●一月号目次●

冬の感染拡大は予想できたこと

新型コロナの感染が二〇二〇年十一月以降急拡大していますが、このような感染症はそもそも冬に増えることは避けられないのです。ただ、日本はまだ穏やかだといえます。倍々で増えていく幾何級数的な増加ではないからです。メディアで日々「過去最多の感染者」と報道されていますが、いたずらに慌てふためく状況ではありません。

この感染をどうやって抑えていくかですが、いまのところ成功しているのは中国でしょう。国民一人ひとりを監視して強権的に抑え込んでいます。そんなやり方は自由主義国家ではできません。日本はそのような方法に依らずに現状の感染者数なので、健闘しているといえます。

しかし、自由を尊重すると穴も大きくなります。PCR検査で陽性となった人や濃厚接触者に自己隔離をお願いしても拒否されるケースがあると聞いています。そのまま夜の街に出かけていく人もいます。そういう人たちを強制力をもってコントロールすることはできません。

感染症抑制に関しては強権的な国家システムの方が有利なように見えます。しかし、私にはそんな社会に負けたくないという思いがあります。自由を重んじながら感染を抑えていく知恵を生み出す社会であってほしいです。

今後、感染者数が増えると重症化する人が増えます。感染が収まってきても、重症者の数は遅れて増えてきて、医療がひっ迫します。感染者数を抑えないと普段の医療ができなくなり、コロナ以外の救える命が救えなくなります。それが「医療崩壊」です。

医師会などが懸命に警鐘を鳴らしていますが、夏までは軽症者が多かったこともあり、冬に感染が拡大するということが国民全体の理解として浸透していませんでした。もっと強調しておくべきでした。いまはまるで想定外だったかのように医療側も報道もパニック気味です。

二〇一一年の東日本大震災で「想定外」という言葉を嫌というほど聞かされました。コロナ禍を災害とみた場合、このくらいは想定内で、それへの準備期間もあったはずです。春夏のマイルドな流行に目をとらわれていました。基本的に感染症への理解不足があり、「専門家」といわれる人たちの責任だと思います。医療施設や機器の充実も必要ですが、もっとも重要なのは人です。医療に携わる人員は急に増やすことができません。その面の準備が間に合いませんでした。

じわじわ拡大するが爆発はない

深刻です。感染抑制策が経済に与えるダメージもGoToキャンペーンでした。何とかしようとしたのがGoToキャンペーンでした。それが裏目に出たように言われていますが、感染拡大の要因なのか、たまたま感染拡大期と重なったのか、証明は難しい。ただ、GoToでひと息ついていた人たちがいたのも事実です。GoToが直接患者を出しているのではなく、人が移動し、その先の行動で感染が広がった。その引き金を引いたのは確かですが。

経済を回すことは必要ですが、いまの時点ではいったん停止することも仕方ないです。ただ、問題は全国一律の実施です。各地域の状況も考えないと。感染抑止か経済か、二者択一ではありません。経済あっての健康という考えもあります。

冬の流行はしばらくこのペースで続くでしょう。国民のほとんどはきちんと対策をとっているので、爆発的な感染拡大はなく、じわじわ増えていくと思います。そこで医療機関が持ちこたえられるかが問題です。そして経済が耐えられるかも危惧しています。

医療も経済も崩壊させないために相当な財政出動をするでしょう。国の財政がどうなるのかも心配です。これを一～二年続けると、あとの世代に大きなツケを残すのではないでしょうか。本当に有効なのか検証もなされない施策もあります。現在の人間の恐怖によって、あらゆることが無制限に行われると、私たちの子や孫に莫大な借金を残すことになります。

いまは戦争状態に等しいと思います。戦時だからと計画性なしにどんどんお金を使っているようなものです。医療に金を出せというのは当然ですが、それは際限なくというものではないでしょう。

全体主義的風潮を危惧する

二〇二一年の二月までは感染者は少しずつ増加し続けるか、うまくいけば同じ程度で推移するでしょう。これからの人々の行動次第です。本当にいいワクチンが出てくれば状況は変わります。ただ、ワクチンで感染を完全に防御できるわけではありません。使い方にもよります。ワクチンは希望の星ですが万能ではない。ワクチンを打ったから何でも自由だ、といった行動を誘発すると逆効果になります。ワクチンを使っても冬には感染を抑えるのは難しい。夏に向かって徐々に減っていくという流れでしょう。

私はこれまでの第一～三波という言い方は適切ではないと思います。何年かあとに二〇二〇年の春の波を見たら、取るに足らないものと映るかもしれない。春から夏にかけて一つの波と見るべきです。本格的な波はこれからで、それがどこまで続くかです。

百年前の〝スパニッシュ・インフルエンザ〟の歴史を後追いすれば、春には収まってくるかもしれません。当時は秋冬の第二波がもっとも大きかった。コロナもいまが第二波と見ることもできます。違いは、百年前はワクチンがなかったが、現在の私たちにはあるということです。

ただ、今度のコロナはインフルエンザよりもずっと難しい感染症で、前例がどこまで参考になるか。〝スパニッシュ〟では感染がわかりやすく、回復も早かったので、隔離などの措置も容易でした。一方、コロナは発症前も他に感染させる可能性があり、隔離も簡単ではありません。医療機関の負担が大きく厄介です。なので、過去の感染症《パンデミック》がそのまま参考になるわけではありません。**私たちはまったく新しいタイプの感染症に遭遇しているとけ止めるべきです。**ただ、生じる様々な社会現象は似ているので、過去から学べることはあります。

コロナとうまく付き合っていくことです。学校で一人の生徒が感染したからといって、休校にするようなことはすべきではありません。子供は感染しにくいことがわかっているのですから。変な同調圧力で社会の活動を止めてはいけません。

先にも言ったように、いまは戦争状態といえます。戦争では皆が国の指針、指導に従います。全体的な流れとは違った視点で意見を言っても誰も聞く耳を持ってくれません。半ば全体主義のようになってしまいます。上からの全体主義の国もありますが、こちらは国民の側から、下からの全体主義のようになりかねません。**何が正しいのか、各自で考えることをしないと。私たちはどういう社会でありつづけたいのか、もう一度考えるべきだと思います。**

情報の収集・公開システムを作れ

今回のワクチンは従来と違った新しい作り方でできています。だからすごく短時間でできあがりました。副作用が起きる可能性は、理論的にはあっても高くはなかったのですが、実際に治験を行ってみるといくつか出てきました。大事なのは得られた情報をきちんと公開して説明することです。さらに本番では因果関係が不明な副作用もどきの「紛れ込み」の事例が起こることもあります。

ワクチンの挫折の歴史とされている一

九七六年の米国の豚インフル事件と今回が違っているのは、いま流行が起きているということです。豚インフル事件では、起きるかどうかわからない時点でワクチン接種を見切り発車しました。いまはワクチンで感染を抑えられるという利益が目の前にあります。医療従事者、高齢者が優先されますが、それによって病院や高齢者施設のクラスターの発生を抑えられ、それだけでも医療機関の負担は軽減されます。デメリットはまだよく見えませんが、メリットは大きい。

最終的に国民の大多数が接種することになるでしょう。その安全性の担保のためには、副作用事例を迅速に把握する情報システムを作らなければなりません。**そして重要なのはその情報の公開です。**

従来のような病院から保健所、自治体から国へとファクスで連絡するようなやり方では迅速な対応は不可能です。ワクチン接種を受けた人の状態を逐次的にモニタリングしていく仕組みが必要です。

米国は豚インフル事件の教訓をちゃんと踏まえています。**ワクチンを受けた人がスマホのアプリで報告できるシステムをつくりあげ稼働させているようです。**

日本もそうしたシステムをあらかじめ作っておくべきです。それで国内で何百何千万もの接種した人たちの間の副作用発生状況を知る。そういう賢いやり方を構築していくべきでしょう。

（にしむら・ひでかず／ウイルス学）

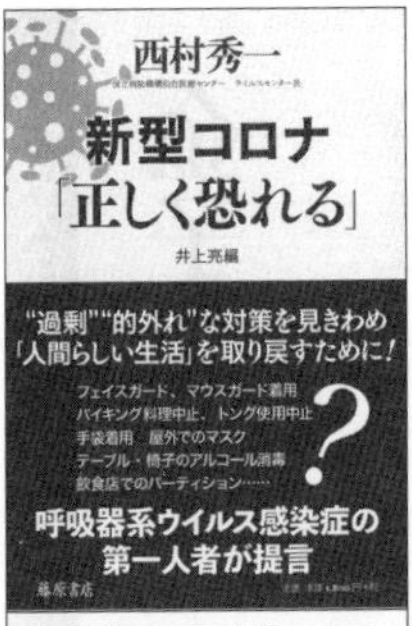

大反響の西村秀一氏の著書『新型コロナ「正しく恐れる」』

〝現役大往生〟から三年——画期的兜太論！

金子兜太——俳句を生きた表現者

井口時男

文学全般のなかで俳句を捉える

本書は「兜太 Tota」一号から四号に連載した「前衛兜太」に大幅に加筆したものである。新型コロナウイルスのために逼塞を強いられる日々での仕事だった。

執筆に際しては、「外部」からの観点を大事にするよう努めた。私が俳句界の「内部」などまるで知らないせいでもあるが、案外これが本書の取得になっているかもしれない。

具体的には、ジャンルの特殊性（という名目）に閉じこもりがちな俳句を詩や短歌や小説といった文学全般の中でとらえ、俳人・金子兜太の歩みを戦後表現史や戦後精神史の中に位置づけることである。それは造型俳句論で金子兜太自身が志向したことだったし、また、こういう「外部」の観点に耐えられる俳人は金子兜太ぐらいだろうとも思う。

つまり私は、ふつうの文芸批評の方法で、一般の読者に向けて、書こうとしたのである。

そのため、時にはかなり理詰めになったり、時には兜太からも俳句からも遠く離れたりして、いわゆる俳論や俳人論を読みなれた方には「野暮」と思われる書き方になった部分があるかもしれない。「野暮」とは「内部」の暗黙の作法を知らない者のふるまいを意味するのだから。

しかし、そもそも金子兜太は俳句や俳壇という狭い枠を大胆に踏み越えた存在だったのであり、閉じた小世界での「洗練」など意に介さず、現実世界の荒々しさへと開かれた「野暮」の方を好んだ人だったのだ。

ともあれ私は、戦中戦後を生き抜いて九十八歳の長寿を全うしたこの堂々たる「存在者」、俳句歴だけでも八十年に及ぶこの稀有な「表現者」の世界に、正面から、取り組んだつもりである。本書が俳句の「内部」の読者のみならず、「外部」の読者にも、広く読んでもらえれば幸いである。

往相の兜太、還相の兜太

私は以前、第一句集『天來の獨樂《こま》』に収めた短文で、「俳句が詩を羨望することとの必然性と俳句が詩になることの不可能性とを、同時に知った」と書いた。それは前衛・富澤赤黄男《かきお》についての感想だったが、加筆を終えたいま、同じことを思う。

金子兜太氏（左：1919–2018）と
井口時男氏（1953–）　撮影：黒田勝雄

金子兜太は俳句が「詩」になることの可能性と不可能性を、「社会性俳句」から「前衛俳句」へと遮二無二表現の高度化を推し進めた「往相」（ほぼ一九七〇年代前半まで）と、大衆的な平明さへと、また「原郷＝幻郷」へと、還ろうとした「還相《げんそう》」（ほぼ一九七〇年代後半から）とに、振り分けて生きたのだ。しかも往相においても還相においても規格外の表現者として俳句を生きたのだ――と。

「現代」の表現者としてお前は「詩」を志向しなければならない、しかし俳句の作者としてお前は「詩」を志向してはならない――富澤赤黄男のように、金子兜太のように、我々もやはり、このダブル・バインドの声を聴きつつ各自の試みを続けるしかないようだ。

（本文より／構成・編集部）

（いぐち・ときお／文芸評論家）

金子兜太
俳句を生きた表現者

井口時男　推薦＝黒田杏子

四六上製　二四〇頁　二二〇〇円

■好評既刊書

存在者　金子兜太

黒田杏子編著　激戦地トラック島にあって、ありありと“存在者”であった戦友たちの記憶を語った俳句界の最長老、金子兜太。権力に決して侵されない生（＝平和）を守るため、精力的に活動を続けた、超長寿・現役俳句人生の秘訣とは？
〈付〉口絵三二頁　二八〇〇円

雑誌　兜　太　Tota　（全四号）

〈編集主幹〉黒田杏子　〈編集長〉筑紫磐井
〈編集顧問〉瀬戸内寂聴　ドナルド・キーン　芳賀徹　藤原作弥
〈名誉顧問〉金子兜太　〈編集委員〉井口時男／坂本宮尾／橋本榮治／横澤放川／藤原良雄

vol.1〈特集〉一九一九　私が俳句
vol.2〈特集〉現役大往生
vol.3〈特集〉キーンと兜太――俳句の国際性
vol.4〈特集〉龍太と兜太――戦後俳句の総括

A5判　①一二〇〇円　②〜④一八〇〇円

「着ることは、いのちをまとうことである」大好評の名著、待望の新版！

いのちを纏う——色・織・きものの思想

田中優子

言葉の衝撃

本書は一五年前、二〇〇六年に刊行された。その時、読んでいる。しかしそれから現在までの間に私の中にどのような変化が起こったのだろうか？　今回読み直して、全く異なる本に出会ったような気がした。心が強く、深く、ゆさぶられた。

私は二〇〇五年に『きもの草子』という本を出し、次に二〇一〇年に『布のちから——江戸から現代へ』という本を出している。きものについても、染織についても、並々ならぬ関心がある。『布のちから』は一九九七年から二〇〇五年までに様々なところで書いた文章を単行本にしたものであるから、本書が出た時には当然、その関心のまなざしで読んでいたはずだ。しかしそれはどういう関心だったかと振り返ってみると、鶴見和子さんについては、きものに関して同じ価値観、同じ視点を持っていると感じ、志村ふくみさんについては、自然と染織との関係について、同じ感じ方をし、同じ観点をもっている、と考えた。私の染織への考えは、以下のようなものだった。

植物や昆虫などの自然界から、糸が引き出され、染め色が煮出され、文様として形にされ、自然のわずかな断片が人間の側にやってきて組み合わさり、一枚の布となる気の遠くなる距離と、手の込んだ過程……

（『布のちから』より）

おそらく一五年前の私がもった感想は、「同じ価値観と観点をもった嬉しい本」だったのだろう。しかし今回読んだ時に訪れたのは「衝撃」だったのである。それはとりわけ、志村ふくみさんの「言葉」への衝撃だった。例えば「あの『霧』の色は藍でもないし緑でもないし、藍になりたがっている緑、緑になりたがっている藍がちょうど重なったのが、あの色なんです」「宇宙の光が地上に入ってきた時に、ある物質にぶつかった時にぱっと色が出る。それをゲーテが受苦だといっている。光の受苦、受ける苦しみ」「太陽がいなくなってから、空の赤さが増すんです。……姿を隠さないと、あの赤は出てこないんです」。

これらの言葉は、色や自然が「主体」である。「なりたがっている」「受ける苦しみ」「姿を隠す」など、主体として動詞をもっている。

色の奥にある世界へ

私が一五年前に気が付かなかったこと、今回再読して気が付いたことは、この、色と自然の側にこそ主体がある、法則がある、という志村さんの確信であった。それをより抽象度の高い言葉で表現すると「色の世界というのはね。人間の思考の領域を越えていますね」「見えない世界からのメッセージ、伝言、それから宇宙の……愛」。

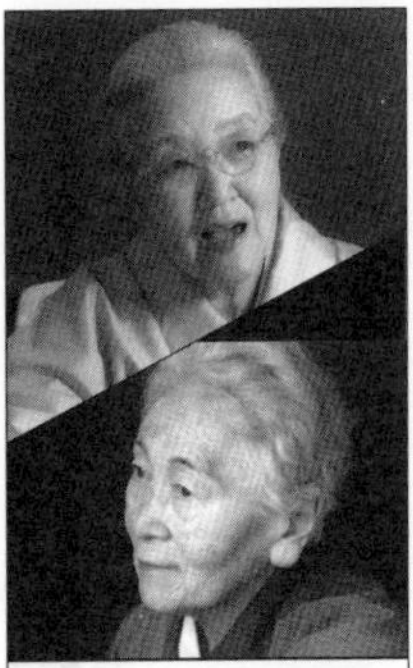

志村ふくみ氏(1924-)と鶴見和子氏(1918-2006)

私はこれらの言葉によって、今回はその主体の側に身を置いたような気がした。つまり瞬間ではあっても、向こう側の世界に行った。「色の奥にある世界」を覗いたような気がしたのだ。そのような力をもった言葉がここにある。この事実が、衝撃だった。
なぜ以前は気が付かなかったのかと言えば、先に『布のちから』から引用した言葉にあるように、私は色のことも糸のことも文様のことも、「人間の側」の文化として捉えていたからである。私は布について、人間が自然から「引き出し」「煮出し」「形にし」「組み合わせた」と、表現している。「自然界」という言葉を使いながら、自然界を十全に感じ取ってはいなかったのだ。にもかかわらず不遜なことに、鶴見さんや志村さんと同じ価値観をもっている、と勘違いしていた。しかしともかく、気が付いてよかった。再読の機会を与えていただいたことに、深く感謝したい。 (本文より/構成・編集部)
(たなか・ゆうこ/法政大学総長、江戸文化研究)

アナール歴史学の重鎮が、様々な「寝室」のあり方を描く名著

『寝室の歴史』を読む

持田明子

歴史的文書を渉猟して

〈さまざまな部屋から聞こえるさまざまな音楽〉と題された、序章とも言える章で、著者は多様な部屋での自らの体験を喚起力豊かなイメージで語り、本書のテーマに読者をいざなう。

パスカル、カント、フーコー、アリエスらの言葉とともに、グザヴィエ・ド・メーストルやゴンクール、プルースト、カフカ、ジョルジュ・ペレックらの描写とともに、読者の〈部屋〉のイメージが膨らんでゆく。

古代ギリシャ文明の起源に遡及しながら、読者に、〈仲間たちと共有する休息の空間〉を想起させ、あるいは、十九世紀の作家の文章を援用して。

第一章で、著者は、太陽の表象体系に支配されたヴェルサイユ宮殿に読者を案内し、〈王の寝室〉を通して、そこで行われていた、フランスの政治的・文化的儀式を詳細に描き出す。王の寝台は物質的身体から神秘体への実体変化が行われる祭壇であり、変わることのない二つの主要な儀式――起床儀礼と就寝前接見が執り行われていた。

繊細な感性を備えた著者の具体的な、かつ正鵠を射た歴史的文書の援用は見事というほかはない。

労働者の寝室、そして「死の床」へ

大革命前夜から十九世紀の二度の革命を通して、大きく変化する時代の影響下に、社会階層や地域の特色とともに、多様な角度から考察された、現実の部屋・寝室の情景が読者の眼前に広がる。

ヨーロッパ近・現代社会の意識の変化の中で目撃される、〈寝室〉――共同寝室か、夫婦の寝室か――、〈個人の部屋〉、〈子ども部屋〉あるいは〈婦人部屋〉が、多くの文学者や思想家の手になる作品からの引用で構成され、描写される。さらには、ビジネスのみならず、休息の〈旅〉に出ることが稀でなくなる時代にあって、〈ホテルの部屋〉が考察の対象になる。

豪華なホテルであれ、アーサー・ヤングの『フランス紀行』が伝えるような、フランス革命前夜の地方の宿であれ。

二度の革命を経験した十九世紀、二度にわたって世界大戦の戦場と化した二十世紀、労働者階級が都会に溢れた。農村からであれ、外国からであれ、到着した〈出稼ぎ労働者〉が真っ先にやるべきことは、居住空間の確保、部屋がなければ、ベッドだけでも手に入れることであった。

＊織機が据えられているただ一つの部屋で家族全員が寝ている

＊赤貧の者たちは地下室に住み、そこで食べ、眠り、働きさえする……

＊大部分寝間着を着ず、ぞっとするような汚さで、一緒に横になっている……

＊便所、トイレ、そこに通じる廊下、階段……あらゆるものが、ひと言でいえば、筆舌に尽くしがたいほどの不潔な状態にある。紙屑、ぼろ切れ、小便、大便、そこにはすべてがある……

こうした事例は枚挙にいとまがない。第一次世界大戦後、外国からの出稼ぎ労働者たち（ポルトガル人、アルジェリア人、アフリカ人等）はしばしば社会的機能が十分に果たされぬ界隈や郊外に、住むことを、あるいは汚いホテルでの危険なすし詰め状態を、さらには、住所不定を強いられた。

そして、すべての人間は、人生の最後の段階として、〈死の床〉に横たわる。著者は、中部フランスのノアンの館で、パリからファーヴル博士を迎え、苦痛に悶えながら最期の日々を過ごすジョルジュ・サンドの姿を、残されている書簡等から詳細に描き出す。周囲に醸し出される緊迫した空気までも。

最終章で、著者は、目まぐるしく変わってゆく状況に触れ、ソーシャル・ネットワークに組み込まれた今日の人間的空間――部屋・寝室が新たな環境に持ちこたえると結ぶ、期待とともに。

歴史学者として、徹底した探求の深さにしっかりと裏打ちされ、最も親密な人間的空間の中で起き得た、激しい感情の動きを申し分なく著者の洗練された、気品ある文章が伝える。

（「訳者あとがき」より）

（もちだ・あきこ／フランス文学）

アイヌの精神——自然への畏敬を体現した映像作品、誕生!

人間がつくれない自然は、神さま

——映像作品『シマフクロウとサケ』DVD発売

詩人・古布絵作家 宇梶静江

フクロウ鳥の目にたくして

私は子供の時から針を持って、破れたところをつぎあてて、それを着て育ったものです。アイヌの刺繍は、先のほうを「とげ」というものでとじます。「とげ」は「魔除け」。魔除けがこめられているのが、アイヌの衣装なんです。そういったアイヌ刺繍の基礎を勉強したいなと思って、六二歳の暮れ、札幌の同胞のところにお世話になって札幌に来ました。

札幌のデパートで、壁にはってあった、日本の二枚の布絵を見たんです。その晩、寝られなかったですね、興奮して。布に絵を描けるんだって。私は夜じゅう、何を表現しようかと考えたんです。子供の時から、村を守る神さまはフクロウ鳥だ、と聞いて育ったんですね。それではっと、私はアイヌはなんで差別されるのかということを、同胞と呼びかけあって、解決したいという問題を投げかけてたもんですから、フクロウ鳥の目にたくして、政府に訴えて、「アイヌはここにいますよ」と言いたくて、フクロウ鳥を思いだしたんですね。それから、フクロウの布絵をほどこすようになったんです。

物語を通したアイヌの教育

子供たちはアイヌの世界で、物語を通じて育ってきました。アイヌの叙事詩の中で、何を学んでいくべきかということを教えてくれてるんですよ。何にも教えられなかった私は、物語を通じてアイヌの教育にならないだろうかと思ったわけですね。だけど、ほとんどのアイヌはアイヌの教育を拒否して、私が表現したものを拒否するけど、日本人はそれを取り入れて、「アイヌってすばらしい教育ですね」と和人が受け止めてくれた。

「口伝《くでん》」というのが私たちの伝統で、口から、耳で聞いて、認識していって、社会生活を営んできた民族ですけれども、それを禁止されてしまって、和人の教育ばかり受けて、押しつけの中できました。でも自分たちの本当のことを知るためには、まだ材料が残ってるんです。アイヌはどう生きてきたのかということを知りませんか、と同胞に申し上げたいんです。

なんで今「アイヌでなきゃ地球は救えない」といわれるんですか。アイヌ自身はどれだけアイヌというものを認識してるんですか。ビルの町、アスファルトの上を歩いて、お金さえあれば物資はなんぼでも買えるけれども、なんでこのおばあさんは、自分が死にかけているのに、「アイヌは一つになりましょう」って言ってるんですか。

先住民だからこそ、長い間かかって、自然の中にある食べものを、自然に恵んでもらったでしょ。長い冬が終わって、春に雪がとけるかとけないうちに、滋養強壮のすぐれた植物が出てきて、それが体を助けてくれたでしょ。これは大地が恵んでくれたことでしょ。川へ行って石をはぐればカニがいて、海には魚、山には鹿がいて、助けてくれたでしょ。すべてあるものは、自然から生みだされたもの。これ以外のすごいものがありますか。

私たちは何一つつくり出すことのできない人間です。みんな太陽さまと大地があって、それに培われて生きてきたでしょ。先祖の人たちも慎んで、この自然に畏敬の念を持って、一時も神を忘れないできました。

今、あったからとる、誰よりも先にとったからよかったって、これじゃないでしょ。自然のものは自分がつくり出せない。空気でも何でも、つくり出せないものは神さまでしょ。

じーっと耳をすましていると、先祖が来てお話ししてくれるんですよ。大地とお話ししてくださいよ、海とお話ししてくださいよ、全部教えてくれますよ。自然の神さまから教育を受けて、知恵をいただいてきたのがアイヌじゃないですか。

どんなに人間がずる賢く、賢く生きてみたところで、それはそれだけのことで、本当のことは、この自然と一体だということなんです。

（DVD第2部より）

〈寄稿〉今、なぜブルデューか？

『ディスタンクシオン』と現代日本の「階級」社会

早稲田大学教授／社会学　橋本健二

日本における「階級」理解

一九七〇年代後半あたりから、日本の社会学者の多くは、日本には階級が存在しないと考えるようになった。当時は「一億総中流」がいわれ始めた時期で、まもなくこれは一種の社会的常識となり、社会学者たちにも広く受け入れられた。こうして日本に階級が存在しないというのは、自明の前提とされるようになった。

格差の問題には敏感なはずの社会学者たちが、階級が存在しないと信じたのには、二つの理由がある。第一の理由はもちろん、当時の日本では、今日ほど格差が大きくなかったからである。

しかしもうひとつ、日本の社会学に固有の理由があった。それは、階級とは世代間移動の少ない、閉鎖的な社会階層のことだという、階級概念についての独特の理解が広まっていたことである。世代間移動が少ないということは、前近代社会の身分のように、社会階層への所属が親から子どもへ継承されるということである。この独特の階級概念を提唱したのは、戦後日本の社会階層研究を主導した富永健一（一九三一―二〇一九）である。

富永によると階級とは「社会移動が制度的に可能だが地位間格差と閉鎖性が大きい産業社会前期における階層の形態」である。ここでいう社会移動のもっとも代表的な形態が、世代間移動である。つまり階級とは、格差が大きくて世代間移動が少ない、特殊な社会階層のことであり、それは封建制から移行したばかりの近代初期にみられるというのである。

富永の社会階層研究者としてのピークは、一九七五年に行われた『社会階層と移動全国調査』を主導し、その成果を『日本の階層構造』（一九七九）にまとめた頃だったとみてよいが、その結論は簡単にいえば、日本の社会階層間格差は縮小しており、世代間移動は増大している、というものだった。富永の階級概念を前提とすれば、日本に階級が存在しないことが立証されたことになる。富永は日本の社会学のリーダーであり、教え子も多かったから、その影響力は強かった。

「階級」と「身分」

しかし富永の階級概念は、アダム・スミスからはじまって、カール・マルクス、マックス・ウェーバーを経て現代へと継承されている社会科学的な階級概念とは無縁のものである。なぜなら階級とは、人々が所有する経済的資源によって、したがって経済構造に占める位置によって定義されるものであり、人々の親がどの階級に所属していたかとは無関係だからである。企業の経営者は、親が何であろうと、資本家階級に決まっている。

しかしウェーバーは、階級と並んでもうひとつの社会階層概念を提唱した。それが身分である。彼は身分を、生活様式や教育、威信などの文化的要因によって定義した。それは必ずしも固定化された制度としての身分を前提とするものではなく、階級を重要な基盤として形成されるが、文化をその本質とする以上、必然的に親から子へと継承されやすいものである。そして経済的変動が激しい時代には階級が前面に出るのに対して、経済的変動が緩慢になると、身分が重要性を増してくるという。

富永が、身分を前近代、階級を初期近代に位置づけたのに対して、ウェーバーは両者はともに近代社会に存続し続けると考えた。そして変化の激しい時代には階級、変化が少ない時代には身分の重要性が高まると考えたのである。

経済資本・文化資本の両面から

ここでブルデューの出番である。ブルデューは階級を、経済資本と文化資本の両者によって定義した。彼のいう階級は、経済的要因によって定義される階級と、文化によって定義される身分の二面性をもつ。つまりウェーバーが、別々に定義して両者の関係について論じた階級と身分が、階級概念のもとに統合されている。この卓越した概念構成を完成させたのが『ディスタンクシオン』である。

現代日本では、一部の人々への経済資本の集中が進み、格差が拡大し、また世代間移動が減少傾向にある。そしてこれまでの研究では、世代間移動の減少において、文化資本と教育が重要であることが示されてきた。まさにブルデュー的な階級が、その全貌を現しつつあるのだ。

『芸術の規則』の問い

東京大学名誉教授　石井洋二郎

「脱神話化」の試み

古来、芸術はいくつもの「神話」によって支えられてきた。たとえば才能、ひらめき、啓示、創造性、オリジナリティ、等々。これらはいずれも努力によって獲得できるたぐいのものではなく、人知を超えた「天賦の」資質や能力であり、ブルデューの言葉を借りれば「カリスマ的イデオロギー」ということになる。『芸術の規則』（一九九二年）で試みられているのは、芸術につきまとうこの種のイデオロギーの徹底的な脱神話化であった。

そもそもこの書物のタイトル自体が、こうした著者の意図を端的に表している。「芸術」がもし神の恩寵を受けた天才たちにのみ許される特権的な営為なのだとすれば、あくまでも予見可能性を前提として構築される「規則」とは本質的に相容れない概念なのではないか？　つまり「芸術の規則」というのは一種の形容矛盾であり、撞着語法なのではないか？

しかしブルデューは、一見矛盾するようにしか思えないこれら二つの単語をあえて結びつけることで、これまで当然のように承認されてきた芸術作品の説明不能性、還元不能性、超越性といったドクサの障壁を一気に剝がしてみせる。

ブルデューの問い

『芸術の規則』で扱われているのはおもに文学というジャンルであるが、本書の「序」において、著者は「文学の自律性への要求は〔……〕果たして、文学テクストの読解がもっぱら文学的な行為でなければならないということまでも意味しているのだろうか？　科学的分析が、美的快楽をはじめとして、文学作品や読書行為の特殊性をなすものをどうしても破壊してしまうというのは、いったい本当なのか？」と問う。そして「芸術作品の経験は曰く言いがたいものであり、それは定義からして理性による認識を逃れるものである」という伝統的言説にたいして、真っ向から疑問を突きつける。

文学研究に携わる身からすれば、これはきわめて本質的な、それゆえに避けることのできない問いかけである。というのも、一九七〇年代から八〇年代にかけて文学批評の場を席巻していたのは、作品をテクスト外の要素への参照によって説明することへの拒否、すなわち還元論の周到な回避を目指す「内的読解」であったからだ。テクストはそれ自体で完結した自律的な空間であって、これを作者の生涯や当時の社会状況といった「外部」に従属させることは作品の神聖な価値を毀損する振舞いであるといった思い込みが、当時の文学研究者たちを少なからず呪縛していたことは否定できない。

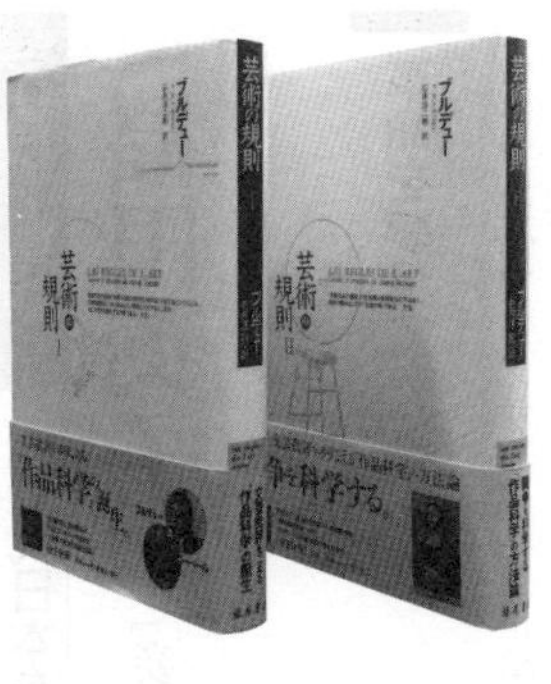

邦訳『芸術の規則』（全２分冊）

作家研究とテクスト分析

それだけに、ブルデューの問題提起は強烈なインパクトをもって迫ってくる。しかも彼は「プロローグ」において、「これまで何度となく注釈されながらも、おそらく本当の意味では一度も読まれたことのない作品」としてフローベールの『感情教育』をとりあげ、この作品が「それ自体を社会学的に分析するために必要なすべての装置を、みずから差し出している」とした上で、自分の標榜する「作品科学」の実践例として登場人物と社会空間の相関関係をみごとに「説明」してみせているのだから、なおのことである。

『芸術の規則』が出版されてから三十年近くがたち、文学研究の流れも少なからず変化した。この間に作家の浩瀚な伝記が次々に刊行され、批評の場から一時期排除されていた「作者」への関心がふたたびよみがえってきたようにも思える。

いかなるテクストも誰かによって書かれたのである以上、こうした回帰現象が見られるのは当然といえば当然のことであろう。しかしブルデューが提唱していたように、作家の創作行為を同時代の「文学場」における社会的位置との関連において検証する作業が十分に展開されてきたかというと、必ずしもそうとは言い切れないのではないか。

個別的な作家研究とテクスト分析を二律背反的にとらえるのではなく、両者をより高い次元で統合するような文学研究の方法論は、今なお模索の途上にある。

リレー連載　近代日本を作った100人　82

福田英子——「妾が天職は戦にあり」

倉田容子

革命を夢見て

ロシア皇帝アレクサンドル二世暗殺の首謀者である女性革命家、ソフィア・ペロフスカヤ。ソフィアをヒロインの一人に据えた政治小説『鬼啾啾』（一八八四―一八八五）の書き手である宮崎夢柳をして、「魯西亜の烈女ソヒヤ、ペロースキの風ありと云ふは実に宜なる哉」（『大阪事件志士列伝　中』一八八七）と言わしめた女性が、明治日本にいた。彼女の名は景山英子、後の福田英子である。

一八八五年、英子は大井憲太郎らの朝鮮改革運動に参加、活動資金の調達や爆発物の運搬に携わり、同志とともに逮捕投獄された（大阪事件）。稀代の女壮士として名を上げた英子を取り巻く当時の熱狂は、自叙伝『妾の半生涯』（一九〇四）に、「大阪梅田停車場に着きけるに、出迎への人々実に狂する斗り、我々同志の無事出獄を祝して万歳の声天地も震ふ斗りなり」と記されている。英子を「東洋のジャン、デ、アーク（ジャンヌ・ダルク）」として偶像化する『景山英女之伝』（一八八七）が出版された他、英子をヒロインとする壮士芝居も上演された。

社会主義運動への転換

だが、英子が「近代日本を作った」一人と言えるかどうかは議論の余地がある。法的にも社会的にも、女性が国家を「作る」場に参入することは困難であったからだ。一八八九年の衆議院選挙法や一八九〇年の集会及政社法は、女性を政治の場から締め出した。大阪事件に連座した男性の同志たちが後に帝国議会で活躍する一方、英子は大井とのスキャンダルにより汚名を着せられ、自由党のホモソーシャリティからも排除される。

ただし、英子は性のダブルスタンダードに負けてそのまま歴史の表舞台から退場したわけではない。大井と別れ、その後結婚した福田友作とも死別した後、英子は平民社の同人たちと交友を持ち、社会主義へと転じる。堺為子や幸徳千代子らとともに女性の政治結社への加入を禁ずる治安警察法第五条の改正運動を行った他、一九〇七年には社会主義婦人雑誌『世界婦人』を創刊。「法律が男女の差別を立てたる」例として、姦通罪、夫婦財産制、相続権、「公法上の権能」等の不平等を批判した「男女道を異にす」（一九〇八・一一・五）など、近代国家の女性抑圧を批判する記事を自らも寄稿した。また、足尾鉱毒事件と闘う田中正造および谷中村への献身的な支援を行うなど、社会主義者として粘り強く活動を続けた。

ホモソーシャリティとの闘い

戦後、法的な男女平等は一応達成されたものの、未だ日本の議会における女性議員の割合は低く、ＯＥＣＤ諸国中最低の水準である。厚いガラスの天井の下に生きる現代日本の女性たちにとって、英子の前半生の挫折とそこからの再出発は、決して過去のものではない。ホモソーシャリティからの疎外とそれへの抵抗という点で、彼女の軌跡には、近現代日本女性の歩みが凝縮して示されている。

かつての自由党同志たちの「堕落軽薄」や大井の不実を、社会主義者としての「民党」批判という文脈において暴き出した『妾の半生涯』は、英子自身が執筆目的を「新たに世と己れとに対して、妾の所謂戦ひを宣言せんが為めなり」と述べているとおり、単なる私的な回想録ではない。自己語りであると同時に社会主義文学としての性質を持つこの書は、〈公〉と〈私〉が不可分な状態に常に留め置かれ、それゆえ公的領域から排除されてきた女性たちの生のあり様を浮き彫りにする。「妾が天職は戦にあり」と述べ、専制政治や資本主義のみならず、家父長制の秩序に闘いを挑み続けた英子は、近代国家が内包する複合的な構造的差別を剔抉した先駆者であった。

（くらた・ようこ／駒澤大学准教授）

▲福田英子（1865–1927）
明治・大正期の活動家・思想家。岡山藩士の娘として生まれる。1882年、岡山に遊説した岸田俊子の影響により自由民権運動に参加。母とともに私塾蒸紅学舎を開設するが、解散を命じられ上京、坂崎紫瀾の教えを受ける。85年、大井憲太郎らの朝鮮改革運動に参加、逮捕投獄される（大阪事件）。大井と内縁の関係になるが離別、その後結婚した福田友作とも死別した後、角筈女子工芸学校・日本女子恒産会を設立。この頃、堺利彦、幸徳秋水、石川三四郎ら平民社同人と交流し、社会主義運動に転じる。1904年、『妾の半生涯』を刊行。07年、『世界婦人』を創刊。治安警察法一部改正運動を行う傍ら、田中正造および谷中村の支援にも尽力した。

連載　歴史から中国を観る　13

「元寇」に遊牧民は参加したか？

宮脇淳子

鎌倉時代の日本には、二度「元寇」があった。一二七四年の文永の役と、一二八一年の弘安の役である。当時は「蒙古襲来」と言った。「元寇」という用語の初見は、江戸時代に徳川光圀が編纂を開始した『大日本史』である。

「寇」は古い日本語では使われることがなかった文字で、明治になって、清国や朝鮮から「倭寇」を責められた日本人が、そちらが先に攻めてきたではないかと、もっぱら「元寇」と言うようになった。日清戦争前には歌もできた。

鎌倉時代の史料に出てくるという意味では、「蒙古襲来」のほうが歴史的に正しい用語だが、遊牧民であるモンゴル人は参加していなかったようなので、「元寇」のほうがふさわしいと、最近、私は考えている。

支配階級だったモンゴル高原の遊牧民が、わざわざ羊の放牧もできない朝鮮半島を通って、泳げないのに海の上に浮かび、日本にやってきただろうか。

文永の役の総司令官は、忻都（ヒンドゥ＝インドという意味）という名前で、今の北朝鮮に置かれた元の屯田兵を管轄する長官だった。『元史』「列伝」（八百を超す人名掲載）に彼の名前はない。フビライの重臣でなく姻戚でもないから、草原の遊牧部族長だったとは思えない。

副司令官は、元朝で生まれた高麗人二世の洪茶丘である。彼の父洪福源は、モンゴル軍が最初に高麗に侵入したとき、真っ先に降り、その後、今の遼寧省に、三十年間に六十万人ほども連行された高麗人を統治する長官になった。だから、その息子の配下のモンゴル軍は、ほぼ徴兵された高麗人だったと考えられる。

弘安の役でも、東路軍は、司令官も軍の編成も文永の役とほぼ同じである。

江南軍の司令官は漢人の范文虎とモンゴル人の阿塔海だが、兵士は旧南宋軍の十万人で、寧波沖の舟山から出港したから、遊牧民がいたとは思えない。

フビライの日本遠征が失敗したのは、遊牧民が得意とする、草原で敵を取り囲む戦争ではなかったからだと私は考える。

（みやわき・じゅんこ／東洋史学者）

■〈連載〉沖縄からの声［第XI期］ 2

コザ暴動の炎

俳人、水彩画&エッセイスト ローゼル川田

本土復帰前の一九七〇年一二月二〇日未明。今から五〇年前のアメリカ施政権下の基地の街コザ（現沖縄市）で、米兵が起こした交通事故が引き金になり暴動が起きた。コザ暴動を語る時、その現場にいなかった不在性の引け目を感じているが、しかし、沖縄の中で起きた事実、その痕跡に触れることは出来る。復帰前後のその頃は、ヤマトの大学へパスポートを持って留学中であった。

ボクより年上の知人のウチナー青年（当時二三歳）は、暴動の夜、クリスマスソングが流れるコザの一角の食堂で民謡を聴きながらソバを食べ終えた。引き続きシャンソンが流れる喫茶店で、抽象画をぼんやり見ながら南の島の女がはこぶコーヒーを飲んでいた。同日は「毒ガス即時完全撤去を要求する県民大会」も開かれ、中の町社交街は賑わっていた。

いつもと違う騒音が表通りのホテル付近から聞こえ、瞬く間に民衆が膨れ上がった。過去の過酷な米軍支配による事故や事件、凶悪犯罪の数々。長年に渡る住民の怒りやうっ積した潜在意識の連続。

Yナンバーのアメ車、日本車が次々と止められる。どこからともなくウチナーンチュの号令が聞こえ、白人の男だけが車から引きずり出される。怒号の渦は止まらず、米軍や琉球警察と対峙。「沖縄人《ウチナーンチュ》は人間ではないのか‼」反復する叫び声。普段は米兵相手のボーイたちまで、向かいのガソリンスタンドから瓶に入れたガソリンのリレー。道路は火の車と投石の様相。青年は無我夢中で白人の男たちを車から次々、引きずり出していった。数年前に米兵のトラックに轢かれ紙飛行機のように舞い上がって落下し、奇跡的に命拾いした事故が脳裏に浮かんだ。島津の侵攻、琉球処分、廃藩置県、太平洋戦争、敗戦終戦、アメリカ施政権下、ベトナム戦争では悪魔の島と呼ばれたニライカナイのくに。

青年は中年の白人の車のドアをこじ開けた。強くハンドルを握り哀願するようなブルーの目が眼前にあった。一対一の関係だった。指をこじ開けて車から引きずり出した。その後、暴動現場を離れた。

あの時の哀願するブルーのきれいな目が五〇年後の今も残っている。

連載　今、日本は　21

日本の満洲

ルポライター　鎌田　慧

本州最北端、北海道にむけて、斧を振りかざしているような形の半島が、下北半島である。わたしは「下北核半島」と称しているのだが、正確を期するのなら、「幻の核半島」と言うべきか。

この地を「原子力センター」にするのが、六〇年代後半からの政財界の野望だった。「中央」から見れば、そこは空漠たる未開の地にすぎなかった。開発地を物色しにきた経団連幹部たちが、YS11機の気密窓から見下ろして、巨大な空閑地を「発見」して喜んだ、との記事が地元紙に掲載されていた。

鳥も通わぬ、とか、日本のチベットとか、住民をバカにする差別的表現がマスコミに罷《まか》り通っていた。六ヶ所村の農地の買収に関わった県庁の職員は、「関東軍」を自称していた。中国侵略軍の代名詞である。

その買収攻撃に曝されていた農民に、旧満洲開拓者たちがいた。そのひとりに「満洲開拓と六ヶ所開拓とどちらが大変だったですか」と質問した。すると彼女は、「満洲開拓の方が楽だった」と答えた。想像外の答えだった。「満人や鮮人を使いましたから」と彼女はつけたした。

六ヶ所村と下北半島は巨大開発地とされたが、オイルショックで全滅、いま原発ばかりか、ウラン濃縮工場、核再処理工場、MOX工場、さらには核廃棄物貯蔵場と負の施設が建設されている。

日本最初の原子力船「むつ」の開発には、将来の原子力潜水艦開発の欲望が隠されてあった。「むつ」は、旧日本海軍の大湊港に係留されることになった。船名の「むつ」は、六〇年に田名部町と合併した大湊の地名である。ここに三菱製鋼の大型電気炉が建設される計画があったが頓挫。その失望の上に、原子力船が滑り込んだ。だが、それも、たった一回だけの実験航海で、放射線漏れ事故を発生させて、廃船。

いまは核再処理工場を中心とした「核燃料サイクル」も行き詰まって、核廃棄物貯蔵場だけが、捨て場に苦しむ全国の原発から期待の眼差しをむけられて、原発の犠牲区域にされようとしている。

■連載・花満径　58

高橋虫麻呂の橋（一五）

中西　進

前号で阿部謹也さんが、貧民と橋との深いかかわりを述べているといったが、民衆に愛される橋は今日にも、歌謡としてひろく歌われている。しかも民衆の祝祭という、あの『日本書紀』さながらの姿で。

有名なフランスの民謡「アビニョンの橋で」（あるいは「橋の上で」）だ。ローヌ川に一二世紀に架けられた橋をめぐる民謡を、二一世紀の現代フランス人が手離さないのである。

翻訳は、編曲も歌詞も訳者によって一様でない。とりあえずより原詩に近い『世界のうた』（野ばら社、二〇〇七）の竜田和夫訳であげよう。

一連三行で全三連。末尾にリフレーン二行がある。まず第一連の冒頭、

橋の上で　踊ろよ踊ろよ
橋の上で　輪になって踊ろ

の二行が第二、第三連にも共用され、最後のリフレーンにもなる重要句である。

要するに各連三行目だけが別で、

男も通る　女も通る　（第一連）
坊さんも通る　兵隊も通る（第二連）
酔っぱらいも通る　小僧も通る　（第三連）

と変るのみ。見事な民謡ふうだ。

それなりに楽しい民衆のロンドが蘇ってくるが、わけても、くり返される「橋の上で」（sur《スール》 le pont《ポン》）という快活なひびきがすばらしい。「橋の下」ではない。あくまでも「橋の上」なのだ。

橋の上で彼らは陽気になれる。橋板は足音を反響させ、踏むとすぐに共鳴音を返してくる。民衆はその音に勇気づけられ、しかし涙を流してしまう。

みんな誰もそれを知っていて「橋の上で」をくり返すのに違いない。

こうして、アビニョンの橋は長い歴史の中で晴れやかな民衆の祝祭に包まれて生きてきたが、そこでわたしは、この「橋を通る人間の姿」を早ばやと万葉集の歌人が見ていたことに、驚かざるを得ない。

そういえば虫麻呂の歌う女人も、赤や青の晴れ着を着ていたではないか。

（なかにし・すすむ／国際日本文化研究センター名誉教授）

■連載・アメリカから見た日本 13

戒厳令!?

作家 米谷ふみ子

　バイデンが新大統領に当選した。書斎にある大きい箱に山盛りに入っている、トランプの奇妙な言動記事の切り抜きを捨てられるのでせいせいする、と思ったのも束の間、新大統領の就任式までの一ヶ月足らずの空白を利用して、トランプは選挙結果を覆そうとしている。五歳の子どもが、好きなおもちゃが買ってもらえないので癇癪を起こしているようだ。『LAタイムズ』に「トランプは大統領に就任した時も離任する時も、同じように国中を混乱に巻きこんだ」とあった。

　私は一九六〇年にこの国に来て以来、十人の大統領の政権下で暮らしてきたが、こんなハチャメチャ大統領は初めてである。

　十二月の引継ぎの日々は、前任が新大統領に、政策の引継ぎ説明を懇切に、度々会ってしていたのだが、この人は真逆に、何とか覆そうとしている。多くの報道によると、トランプは毎日、ホワイトハウスで取り囲み連中と会議を開き、彼の恩赦を受けて監獄から出てきたフリンなどは、「戒厳令を敷いて、軍隊を使えば、選挙結果は覆される」とトランプに入れ知恵し、へつらい、憲法なんか眼中にない。

　新大統領の就任式には前大統領も出席するものだが、トランプはしないと言っている。彼は、自分が大統領である間に、国法に反して投獄されている自分の友人や親類二六人を恩赦する、と発表した。もちろん将来の自分（税金逃れ）や家族（彼の子供たち）も入っている。家族、友人にこれほども罪人がいたのかと驚く。彼は自分に反対した側近を情け容赦なく脅やかしている。

　私たち夫婦の友人マリオ・プーゾが生きていたら色々教えてくれたと思うが、トランプは国民のためにするべきCOVID19に関する失業手当、医療手当などはほったらかしである。自分の利益だけしか考えていない。将来、また選挙に出ると言って資金集めをしている。資金は自分が使うためであるという。これは法律違反。果たしてバイデン就任後、アメリカは、世界は、平和を迎えられるのか心配である。それも世界じゅうの人びとの思考・行動しだい。

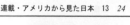

Le Monde

■連載・『ル・モンド』から世界を読む［第Ⅱ期］53

ヴィーガン

加藤晴久

　広辞苑とかいう辞典で「菜食主義」を引くと「vegetarianism 食生活を菜食で貫こうとする生き方」。「菜食」は「肉類をとらず、穀物・野菜の類いのみ食べること」。「肉類」は「食用とする肉。主に鳥獣の肉をいう」。菜食主義者は魚を食べるのか、それとも食べないのか？

　フランス語の標準的な辞書 *Le Petit Robert*（ちっとも「プティ」でない。大辞典である）では、végétarisme は「動物の肉（獣類・鳥類・魚類・魚介類）を食さない、しかし、動物に由来するある種の食品（乳・バター・チーズ・卵・蜜）は許容する食生活原則」と精確かつ明解である。ところが後半部に「végétalisme とは違って」と付加がある。végétalisme という語は「植物界に由来するのでない一切の食物を排除する食生活原則」とあり、「véganisme を見よ」とある。véganisme は「食生活だけでなく、衣服・移動・レジャーなどあらゆる面で動物を尊重する主義」と説明されている。ヴィーガンはたとえば毛皮・羊毛の衣服を着ない。革製のカバンや靴や財布は使わない。馬に乗らない。動物実験を経て製造された化粧品を使わない。真珠のネックレスもダメ……。徹底している。

　先月号「動物の条件」で、ここ数年のあいだにフランスで動物福祉の増進に世論の関心が高まったことを紹介したが、この動向に実はヴィーガン（végan は végétarien の短縮形）の運動とネットの影響力が大きく作用しているのである。

　昨年一〇月一二日付の「ヴィーガンの頭の中」と題する論考によると、ヴィーガンの数はフランスの人口の一％に満たない。大多数のフランス人から軽蔑されたり嘲弄されたりしている。よくてお人好しの脳天気、わるくて本物の気違い扱い。しかし彼らが、屠殺場や大規模飼育場で盗撮しネット上で流す残酷きわまる動画から目を離すことができない。毎日の食生活のはらむ根底的な矛盾を否応なく意識させる。なぜ仔牛や子豚、仔羊に、飼い犬や飼い猫に認めている「権利」を認めないのか？

　明快な答えを出せないのがもどかしい。

（かとう・はるひさ／東京大学名誉教授）

十二月新刊

「共食」を通じて、どんな社会関係を築いてきたか

「共食」の社会史

原田信男

同じ時に、同じ場所で、同じものを食べる「共食」――それは、まさに人類固有の文化である。神との食、死者を祀る食、労働（農耕、収穫）とともにあった食、法と契約や身分秩序の確認のための食、異文化との交渉の場での食、そして近代へ。「孤（個）食」が社会問題化し、コロナ禍の中で「会食」のあり方が問われている今、日本において、「共食」を通じて結ばれてきた様々な〝絆〟とその変遷を辿る。

四六上製　四三二頁　三六〇〇円

原田信男
「共食」の社会史
日本人は「共食」を通じて、
どんな社会関係を築いてきたか
藤原書店

一五〇年前にいた〝地球史家〟の全貌！

J・ミシュレ 民衆と情熱

大歴史家が遺した日記 1830-74（全2分冊）

2 1849〜1874年

大野一道 編
大野一道・翠川博之 訳

本巻では、ミシュレは二番目の若き聡明な妻アテナイスと出会い、愛は万物の基底であり生命の源、宇宙の本質、と見抜く。そして巨大な「地球史」へと向かってゆく。完結篇。

口絵四頁

四六変上製　九二〇頁　八八〇〇円

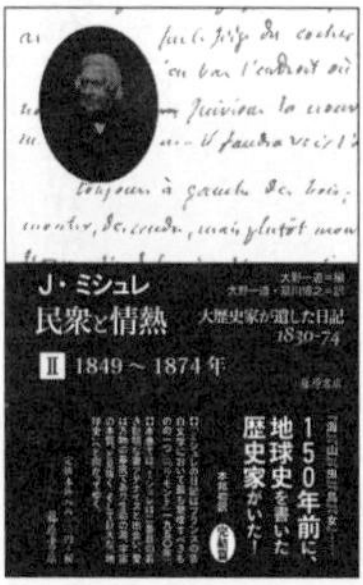
J・ミシュレ
民衆と情熱
大歴史家が遺した日記 1830-74
II 1849〜1874年
150年前に、
地球史を書いた
歴史家がいた！
藤原書店

アイヌ神謡の名作絵本、待望の復刊！

シマフクロウとサケ

アイヌのカムイユカラ（神謡）より

宇梶静江　古布絵制作・再話

守り神のシマフクロウは、炎のように輝く大きな金色の目で、思いあがる者を見つめ、海を干上がらせ、もといた山へ帰ってゆく――一針一針に思いをこめた古布絵（こふえ）とユカラが織りなすアイヌの精神世界。

【DVD】1月刊行！

オールカラー

A4変上製　三二頁　一八〇〇円

シマフクロウとサケ
宇梶静江
アイヌ神謡の名作絵本、待望の復刊！
藤原書店

妻と母の死が「あしなが運動」の原点

愛してくれてありがとう

玉井義臣　あしなが育英会会長

「結婚前に妻由美からガン告知を知らされ、二五歳の差という〝神のハードル〟を超え結婚を決意した私。ふたりで死を見つめつつ愛を貪った五年余の生活。『由美は、私に愛と死のすべてを教えてくれた』」（著者）。

母の事故死、妻のガン死が「あしなが運動」の原点である。

カラー口絵八頁

B6変上製　二四〇頁　一六〇〇円

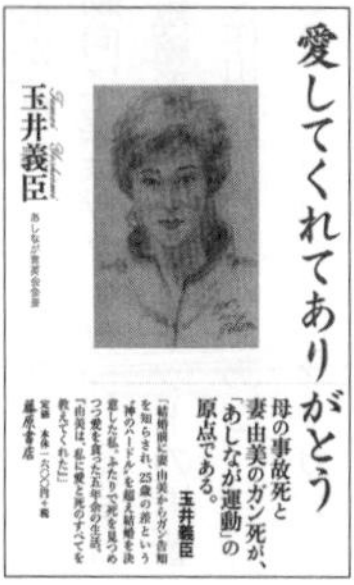
愛してくれてありがとう
玉井義臣
母の事故死と
妻由美のガン死が、
「あしなが運動」の
原点である。
藤原書店

読者の声

好奇心と日本人■

▼小さな感動と思い。今より約五〇年位前に本書〔旧版〕の最後に「好奇心を発揮し（中略）どんな人とでもつきあって日本の国の政策を変えてゆくことに寄与する」。

この文に、今更のように不勉強と何もしていないことに反省もする。コロナ禍という日常にいる中に、残念ながらどうしても閉鎖的な行動になりがちな今こそ、上記の言葉に一歩でも進んでゆかねばと思う。

七十一歳の老人はそう思うことにした。感謝です。

（茨城　**福田秀夫**　71歳）

大地よ！■

▼『大地よ！――アイヌの母神、宇梶静江自伝』を読みました。「宇梶さんのパワーが頁ページからあふれでています。

アイヌのことは以前から、その文化や暮らしに（失礼な言い方かもしれませんが）興味がありました。きっかけは亡くなった父が、何か集まりがあると唄っていた「イヨ(オ)マンテの夜」と、祖母がよく言っていた「おてんとさまが見てるぞ」という言葉だと思います。歌詞をたどることはしていませんが、その力強いメロディーが子ども心に耳に残り、それがアイヌの熊の祭りのことだと知ったのは大人になってからです。祖母の言葉は偽らないこと、恥じない行為をすること、営みが自然とともにあることを教えてくれていた気がするのです。

それから数十年経ってから、知里幸恵さんの著書を読んだり、テレビでドキュメンタリー番組を観たりすることで、アイヌへの差別を知りました。と、同時にアイヌの精神性に共感している自分を見つけました。

もっとアイヌのことを、アイヌの人たちの暮らしを知りたいと思い、ウポポイにも足を運びたいと思っていました。でもその〝足を運びたい〟は著書で解説されていた象徴の空間で、私はアイヌの人たちの〝カタチ〟に近づきたいと思っただけなのかもしれないと気づかされました。アイヌがとりもどしたいのはそのような空間ではない、アイヌの暮らしそのもの、権利をとりもどすことです。

宇梶さんの時間が充ちたりたものになりますこと、呼びかけがアイヌの人たち、和人たちに響いてたしかなものになることを願ってやみません。そして三七三頁「地球と相談するにしても、何を対話の糸口とすれば良いのでしょうか」の問いに「では、私には何ができるでしょうか」と問いかけて生活していきたいと思っています。

宇梶さん、ご担当者の方、大切な時間、ご本にまとめてくださり本当にありがとうございました。

（千葉　**木村真弓**）

▼長男が結婚した女性が北方民族の研究者で、そのおかげで、三年前にようやく二風谷へ行くことができました。そこで私は、自分が和人でシャモだと気づきました。アイヌの言語を学びたいなどと思っていた私は、何という思いあがりだったのかと思いしりました。でも私にとってアイヌ民族は抱きしめたい存在なのです。宇梶様の御本を読めて幸せです。

（静岡　自営業　**種石妙子**　71歳）

▼私も同和問題に関心をよせ、若い頃より頑張って来ましたが、著者のアイヌとしてのアイデンティティを大切にする精神に感動しました。お会いしたいですね。

（福岡　茶道教師　**大迫素子**　77歳）

▼アイヌ、の、オカレタ、キビシイ、ゲンジツ、が、ワカッテ、ヨカッタ、日本、にも、ミンゾク、モンダイ、が、アルコト、が、ヨク、ワカル、ので、

さんこうに、なった
（神奈川　パート　**山口俊哉**　54歳）

中村桂子コレクション　いのち愛づる生命誌
Ⅴ　12歳の生命誌■

▼柏原怜子先生の文章教室を受講している者です。

講座の中で、度々、中村桂子さんの著書のことが紹介され、藤原書店さまのことも、よくお話にでます。『12歳の生命誌』を、先日、読みました。科学にうとい者です。「生命誌」というはじめて聞く言葉でした。12歳むけなら、私でも入っていけそうだ、と思いました。いい本をありがとうございました。　（東京　**杉山慶子**）

看取りの人生■

▼死の覚悟は誰でも出来はしないが、看取りを通じて、生死をゆく人に触れる時の心模様がよく感じられました。特に〝二人の母を持つ〟には涙が止まりませんでした。生きた証を人は何に残せるか、そんなことも気づかされた作品でした。
（静岡　コンサルタント　**堀内善弘**　62歳）

出雲を原郷とする人たち■

▼出雲人ではありませんが、あちらこちらに出雲があり興味深く、くりかえし読んでいます。
（兵庫　**岩谷八洲夫**　85歳）

岡田英弘著作集
⑦歴史家のまなざし■

▼チャンネル桜で、数年前に宮脇淳子先生の動画を発見して、岡田先生の事知りました。家庭の事情で大学へ行けませんでしたが、やっと五十歳にして、岡田先生の本へたどりつけました。あと四、五巻です。少ない給料で全巻そろえてコンプリートしたいと思います。良書を出版して下さった藤原様、並びに宮脇淳子先生に多謝、感謝です。乱文乱筆スンマセン！
（大阪　タクシー運転手　**山田直樹**　50歳）

旧満洲の真実■

▼『中国人が読み解く歎異抄』『中国医師の娘が見た文革』について読みました。

十分消化し切れないところもありますが、この著者が同時代人であることを貴重に思います。
（埼玉　**山本孝志**）

時代が求める後藤新平■

▼新型コロナ禍の中で「政治と科学」のかい離が著しい折、後藤新平の科学的管理手法が再評価されるのは自然の流れ。
（東京　自営業　**原野城治**　70歳）

新渡戸稲造 1862-1933■

▼超弩級のゼネラリストがいかに生まれたかは、様々な要因があるだろうが、少人数教育と師弟の密な薫陶にあることは間違いない。それを一向に目指そうともしない国に亡国の兆を感じる。教育、学問に関心のない学校歴・受験歴社会が発展することはないだろう。著者の歴史観には疑問を感じるところが少なくないが、新渡戸とその人脈を通した教育史にもなっているのは面白い。
（京都　医師　**松成亮太**　38歳）

機 no. 340■

▼『機』七月号拝領、通読して最も、興味を惹いたのは、大槻文彦をテーマにした記事でした。文中にて採り上げている『言海』は、高校時代に馴染んでおり、英語の斎藤秀三郎著、『熟語本位英和中辞典』と共に、想い出深い懐しい辞書です。

目下、辞書といえば、専ら、電子辞書一本槍になってしまいましたが、懐旧の念、抑え難く、古書の山より『言海』を掘り出しました。奥附を見ると、「言海 縮刷 昭和四年 六百八版 六合館」とあります。その白紙の一葉には「出典表」（頁数）として、古典文学作品名と、数字が記されています。

念のために、「古今集」「七九三」

の該当頁を開くと「野守」の有名な歌が引用されていますが、出典名が出ていませんので「古今集」との、補記がなされています。

右、老翁の昔話の披露まで、あしからず。

（兵庫　紫垣重夫）

機 no. 336 ■

▼勝手な所望にもかかわらず、早速『機』をお送り下さいましてありがとうございました。

『読売新聞』に寄せていらっしゃいました橋本五郎先生の思いに心打たれ御社の小冊子『機』をぜひ読ませていただけたらと思った次第です。昨今の状況下、家の中の読書の機会が多くなりました。

私は喜寿を迎えるおばあちゃんですが、私にも小学校五年以来のお友達がいますがその存在は、私にとりまして大きな学びでもあり、心の豊かさに繋がるものです。それだけに『機』に寄せられていらっしゃいました「生涯の友……」の追悼の辞に深い感銘を覚えました。

橋本五郎先生、藤原書店様、こうした時をいただけました事、ありがとうございました。

（千葉　亀山浩代）

※みなさまのご感想・お便りをお待ちしています。お気軽に小社「読者の声」係まで、お送り下さい。掲載の方には粗品を進呈いたします。

書評日誌（九・二八〜一二・一九）

(書) 書評　(紹) 紹介　(記) 関連記事
(イ) インタビュー　(テ) テレビ　(ラ) ラジオ

九・二八〜　(記)共同配信「大地よ！」（「アイヌの精神性を伝えて」／「文化支える基盤確立を」）

一一・二　(記)東奥日報「新型コロナ「正しく恐れる」」（「東奥春秋」／「正しく恐れる」）

一一・六〜　(記)共同配信「いのちを刻む」（「木下晋さん自伝出版を祝う会」／「『鉛筆画の鬼才』魂との対話」／「賛辞に『これが自分の通過点』」）

一一・一三　(紹)読売新聞「ウイルスとは何か」

一一・一五　(記)伊勢新聞「いのちを刻む」（「木下晋さん自伝出版祝う会」／「命の根底見据えるまなざし」）

(記)東京新聞「全著作〈森繁久彌コレクション〉」全五巻（「森繁さんしのび合唱」／「『全集』完結記念　都内で集い」／小松田健一）

一一・一八　(記)朝日新聞（大阪本社版・夕刊）「全著作〈森繁久彌コレクション〉」全五巻（「read & think 考える」／「著作コレクション完結記念　しのぶ集い」／「森繁久彌さん　本で生き続けて」／上原佳久）

一二・四　(記)産経新聞「ベートーヴェン　一曲一生」（「モンテーニュとの対話　『随想録』を読みながら90」／「ベートーヴェンはお好き」）

一二・五　(記)産経新聞「新型コロナ「正しく恐れる」」（「田村秀男の経済正解」／「コロナ正しく恐れて　経済活動の萎縮回避を」／田村秀男）

一二・一〇　(イ)熱風「シマフクロウとサケ」「大地よ！」（「特集　宇梶静江インタビュー　アイヌを語る」／「『アイヌの物語』をひとりひとりに語ってもらいたい。」）

一二・一九　(記)図書新聞（「二〇二〇年下半期読書アンケート」）「感情の歴史II」「民衆と情熱」（小倉孝誠）／「新型コロナ「正しく恐れる」」（瀬名秀明）

冬号　(記)つるさんのおたより（新宿区鶴巻図書館図書館報）「いのち愛づる姫」「「生きものらしさ」をもとめて」「いのちの森づくり」（「10代に読んでほしい藤原書店のこの3冊（推薦者・藤原書店の藤原社主）」／藤原良雄）

二月新刊予定

＊タイトルは仮題

感染拡大防止策と両立する資本主義とは

パンデミックは資本主義をどう変えるか

健康・経済・自由

R・ボワイエ

山田鋭夫・平野泰朗訳

資本主義の歴史を辿り、様々な〝危機〟に対応してきた資本主義の多様なあり方を追究してきた仏レギュラシオン経済学の旗手が、二〇二〇年新型コロナ・パンデミックに直面し、経済が縮小を余儀なくされる中、今後の資本主義のありかたを提言する。

米アカデミズムが鋭く分析した中国論

中国の何が問題か？

ハーバードの眼でみると

ジェニファー・ルドルフ／マイケル・ソーニ編

朝倉和子訳

米中関係の行方から目が離せない今、**ハーバード大学の一流研究者ら**が、政治、国際関係、経済、環境、社会、歴史と文化という多様な視角から、「世界の中の中国」を見据える。近すぎる隣国・日本からは見えない中国の実像を描く、画期的一冊。**米大統領選を受けた緊急寄稿収録！**

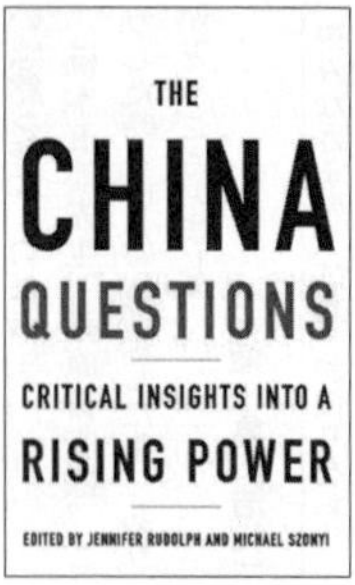

新興感染症対策に向け、今こそ必読の書

起こらなかったパンデミック

一九七六年、米・豚インフルエンザ事件の教訓

R・E・ニュースタット、H・V・ファインバーグ

西村秀一訳

76年、米における「新型インフル」への拙速なワクチン接種事業は、多くの副作用事例を起こし、中止に追い込まれた。政治と専門家の関係を問い直し、世界的な感染症研究機関CDCの飛躍的拡充の契機にもなった事件の詳細に迫る、唯一無二の書。

親を亡くした子供たちに、希望を

何があっても君たちを守る

遺児作文集

まえがき＝玉井義臣（あしなが育英会会長）

交通事故、病気、災害、自死……親を喪った子供たちが書き綴った心の叫びに耳を傾け、進学と将来への希望を諦めさせない〝あしなが運動〟で書き継がれてきた作文を精選。

〝真の国際人〟初の全体像！

新渡戸稲造 *1862-1933*〈新版〉

我、太平洋の橋とならん

草原克豪

三七歳での著『武士道』で国際的に名を馳せ、旧制一高校長として教育の分野でも偉大な事績を残す。国際連盟事務次長としてユネスコにつながる仕事、帰国後は世界平和の実現に心血を注いだ――第一級の教養人の画期的評伝、待望の新版。

1月の新刊

タイトルは仮題、定価は予価。

寝室の歴史 ＊
夢／欲望と囚われ／死の空間
M・ペロー　持田明子訳
四六上製　五五二頁　**四二〇〇円**

金子兜太 ＊
俳句を生きた表現者
井口時男　推薦＝黒田杏子
四六上製　二四〇頁　**二二〇〇円**

いのちを纏う〈新版〉＊
色・織・きものの思想
志村ふくみ・鶴見和子
新版序＝田中優子
四六上製　二六四頁　カラー口絵8頁　**二八〇〇円**

〈藤原映像ライブラリー〉
シマフクロウとサケ ＊
アイヌのカムイユカラ(神謡)より
金大偉　監督・音楽・構成
宇梶静江　古布絵制作
アイヌ語朗読＝鹿田川見
アイヌ音楽提供＝宇佐照代
三五分　DVD　**二〇〇〇円**

2月以降新刊予定

パンデミックは資本主義をどう変えるか ＊
健康・経済・自由
R・ボワイエ　山田鋭夫・平野泰朗訳

中国の何が問題か？ ＊
ハーバードの眼でみると
J・ルドルフ＋M・ソーニ編
朝倉和子訳

起こらなかったパンデミック ＊
一九七六年、米・豚インフルエンザ事件の教訓
R・E・ニュースタット＋H・V・ファインバーグ
西村秀一訳

新渡戸稲造 1862-1933〈新版〉＊
我、太平洋の橋とならん
草原克豪

何があっても君たちを守る ＊
遺児作文集
序＝玉井義臣（あしなが育英会会長）

好評既刊書

民衆と情熱（全2巻）完結！
大歴史家が遺した日記 1830-74
II　1849〜1874年 ＊
J・ミシュレ
大野一道編　大野一道・翠川博之訳
四六変上製　九二〇頁　口絵4頁　**八八〇〇円**

「共食」の社会史 ＊
原田信男
四六上製　四三二頁　**三六〇〇円**

愛してくれてありがとう ＊
玉井義臣
B6変上製　二四〇頁　カラー口絵8頁　**一六〇〇円**

シマフクロウとサケ（絵本）＊
アイヌのカムイユカラ(神謡)より
宇梶静江　古布絵制作・再話
A4変上製　三二頁　オールカラー　**一八〇〇円**

〈普及版〉
ディスタンクシオン I・II
社会的判断力批判
P・ブルデュー　石井洋二郎訳
I　A5判　五一八頁　**三六〇〇円**
II　A5判　五二〇頁　**三六〇〇円**

ブルデュー『ディスタンクシオン』講義
石井洋二郎
四六判　三〇四頁　カラー口絵4頁　**二五〇〇円**

ベートーヴェン　一曲一生
新保祐司
四六上製　二六四頁　**二五〇〇円**

感情の歴史（全3巻）
A・コルバン／J-J・クルティーヌ／G・ヴィガレロ監修
II　**啓蒙の時代から19世紀末まで**
A・コルバン編　小倉孝誠監訳
A5上製　六八〇頁　カラー口絵32頁　**八八〇〇円**

＊の商品は今号に紹介記事を掲載しております。併せてご覧戴ければ幸いです。

書店様へ

▼本年もよろしくお願いいたします。引き続きのご支援、ご協力、何卒よろしくお願い申し上げます。▼NHK「100分de名著」&**『ディスタンクシオン〈普及版〉』**刊行記念、「ブルデュー&関連書フェア」はいかがでしょうか? 「100分de名著」で講師を務められた岸政彦さん選書パンフレット等拡材ご用意がございます。お気軽にお申し付けを。▼12／19(土)『毎日』「今週の本棚 2020年「この3冊」にて村上陽一郎さんが**『新型コロナ「正しく恐れる」』**を紹介。12／20(日)『毎日』ウェブ版での著者インタビュー等パブリシティが続きます。引き続きのご展開を。▼新保祐司さん**『ベートーヴェン 一曲一生』**が12／5(土)『産経』『モンテーニュとの対話』に引き続き、12／17(木)『日経』「目利きが選ぶ3冊」にて経営学者・中沢孝夫さん絶賛紹介。生誕二五〇年に合わせて是非ご展開を。▼「あしなが育英会」創始者・会長玉井義臣さんの**『愛してくれてありがとう』**が機関紙「NEWSあしながファミリー」167号にて一ページ紹介。在庫のご確認を。（営業部）

出版随想

▼重苦しい空気が漂う中、とかく年が明けた。初詣客も例年とはうって変わって、控え目だったよう。暮れに浅草で二人の忘年会をしたが、街の通りには人影も少なく、いつもの混んでる店でもわれわれだけ。前月にも書いたが、これからはウイルスの本格的活動期。寒い乾燥状態では、インフルエンザの場合、毎年一万から二万、多い時には三万から五万人の死者。年明け早々首都圏では、自治体の長が政府に緊急事態宣言を要望。政府は受理し、八日から始まる。メディアの日々の報道で、殆どの国民は恐怖に曝されている。これからは、経済の悪化はおろか、自殺者やうつ病等の増大、種々の事件の発生で、社会はますます不安になってゆくだろう。

▼このさなか米大統領選挙が十一月に行われ、民主党のバイデンが現大統領トランプを押えて僅少差で勝ったという報道。トランプ側は、これを認めず〝不正行為〟が多数見つかった、と裁判所に訴えた。しかし、裁判所はこの訴えを却下。この一月六日、数万人のトランプ支持者が、連邦議会を取り囲み、議事堂内にも侵入した、と。この民衆のエネルギーの凄まじさに圧倒された。その行動が、単なるクーデタなのか、新しい時代を築こうとする革命なのか、時間を待たなければならないが、要は、このコロナ禍の中、しかも米ジョンズ・ホプキンス大学の調査によると、感染者二一〇〇万人、死者三六万人（七日現在）の中で行われたということだ。凄まじいエネルギーを持つ新大陸アメリカを、改めて再認識させられた。

▼今日本では、政治家と専門家に関する議論があまりないが、こういう有事の時こそ、彼らの議論を国民の前に透明にして、政治家の役割、専門家の役割を明確にしなければならない。その際、専門家の専門知だけを集合させるだけではなく、それらを総合する総合知が必要になる。その総合知に基づきながら、各専門家の見識を活かしてゆく。スピード感をもって適切に対処する。それが政治家の役割と思うが、今のところそういう政治家は見当らない。

かつて後藤新平が遺言で、「一に人、二に人、三に人」と語った言葉が身に沁みる。（亮）

な形象化となまなましい体感をともなって、詠みこまれているからである。これは俳句という短詩においてはめったにないことなのだ。金子兜太は、茂吉に「抽象的思惟生活」の抒情を見出した中野重治の『斎藤茂吉ノート』に倣って、俳句で初めて「思想的抒情詩＝思想詩」の可能を示したのは草田男だったと述べている（「造型俳句六章」）が、この句こそ草田男の「思想的抒情詩」の最高のものだ、と私は思う。

兜太が参照した『斎藤茂吉ノート』の「ノート五」で中野重治は、「茂吉における感情生活は、自然および人間にたいする人間の関係の領域のほかに、この関係そのものにたいする人間の関係の意識的領域、抽象的思惟生活の領域を持っていた」と述べている。この前半が世界に対する直接反応としての通常の「思想」（およびそこに生じる感情）の領域、後半が世界と自己との関係についての反省的自意識（およびそこに生じる感情）の領域であって、内省的に屈折するイロニーのまなざしが照らし出す「抽象的思惟生活」の領域である。

そもそも、イロニーは必ず自意識（自己反省、自己認識）の働きをともなうのである。卑近な例でいえば、日常会話で、ストレートな発言でなく、あえて反語や皮肉を口にする際に、我々は置かれた状況や相手と自己との関係を瞬時に自省して話法を選択しているのだ。その意味で、イロニーは世界把握と世界に対する自己の関係把握との二重の産物なのである。

また、より高次のレベルでいっても、そもそもソクラテス的イロニーは、質問によって相手の知識の根拠（のなさ）への自己反省を促すという方法だけでなく、汝自身を知れ、という自己が自己へと差し戻される困難な自己認識を知の究極の課題とするものだった。その至上の難題ゆえに彼は「無知」なのであり、「無知であることだけは知っている」のである。

そして、日本の昭和初年代、自意識過剰に苦しんだあげく、自意識の構造――対象についての考察がそのまま反転して自己自身についての考察になる――を批評の方法論に仕立て直した小林秀雄は、時代意識を持て、という左翼公式主義の主張に対して、時代意識と自意識は同じものだ、と応じた（「様々なる意匠」）。原理的に、小林秀雄は正しい。中村草田男（一九〇一年生）はその小林秀雄（〇二年生）および中野重治（〇二年生）とほぼ同年齢である。

また、ドイツ・ロマン派を摂取してイロニーという言葉を万能の護符のように頻用（濫用）した日本浪曼派のリーダー保田與重郎は、日本浪曼派は「意識過剰の文学運動」だった、と回想した（「文明開化の論理の終焉について」一九三九年）。さらに、保田（一〇年生）の一歳上で、自意識の構造を小説――『ダス・ゲマイネ』や『道化の華』などの身を切るようなメタ・フィクション的私小説――の方法論に仕立て直したイロニーの作家・太宰治の名を挙げてもよい。

昭和初年、自意識過剰は知識青年たちのほとんど共通の病のようなものだった。それは一般的にいえば、大正理想主義の時代に自己形成した彼らの意識が、社会不安と軍国主義への傾斜の中で、理想を失って内向した結果である。傷ついた彼らはもはや理想を信じ得ず、素朴な自己なるものをも信じ得ず、自己紛失にまでいたる執拗な懐疑と自己点検に疲弊するしかなかったのだ。つまり彼らは率直な行動が不可能になった時代の過度に内省的な主体である。イロニーはその意味で、内向的で非行動的な論理である。

5　社会性と私性——草田男と楸邨

中村草田男の倫理志向は、当然、社会性と連接する。それは戦後も変わらない。現に、草田男自身、戦後の句集『銀河依然』（一九五三年）の跋文で、「『思想性』『社会性』とでも命名すべき、本来散文的な性質の要素と純粋な詩的要素とが、第三存在の誕生の方向にむかつて、あひもつれつつも、此処に激しく流動してゐる」と自己分析している。「思想性」「社会性」という散文的要素と詩的要素とを総合止揚する新たな「第三」の表現、つまりは社会性・思想性を具えた俳句表現を模索している、というのである。赤城さかえ『戦後俳句論争史』は、草田男のこの言葉こそが社会性論議の発端になったのだ、と述べている。

実際、『銀河依然』には、ストレートな反戦（厭戦）メッセージを打ち出した句もあれば、戦災孤児や癩園（ハンセン病患者隔離療養施設）訪問といった社会的主題の句も並ぶ。

いくさよあるな麦生《むぎふ》に金貨天降《あまふ》るとも
浮浪児昼寝す「なんでもいいやい知らねえやい」
昼寝孤児佇つ吾《あ》は定評つめたき人
直面一瞬「ゆるし給はれ」冬日の顔々
冬日の耳朶眼《まなこ》なければ眼挙げず

〈いくさよあるな〉のメッセージ性は後半の聖書的またはイエス（キリスト）的な（おそらくは草田男手製の）古雅な比喩によって「詩的要素」を担保している。〈浮浪児昼寝す〉の「なんでもいいやい知らねえやい」は、世人の安直な同情を拒む浮浪児のシニカルで自棄的なセリフの散文的模写である。それは草田男自身に向けて発せられた捨てゼリフだったのかもしれない。現に〈昼寝孤児〉では「佇つ吾《あ》は定評つめたき人」という他者に見られた自己像を書き込んでいる。だが、「定評つめたき人」である自分がいまこんなにも熱く孤児に同情している、と読むべきではないだろう。その同情にもかかわらず、草田男は孤児の捨てばち気味のシニシズムによってにべもなく拒まれたのであり、拒まれたことによって、かえって、「定評つめたき人」たる草田男の内なるシニシズムが孤児と深く共振している、と私は読む。同じシニシズムの徒として、孤児を突き放しつつ（孤児に突き放されつつ）の心情の共有《シンパシー》であり、孤児への無言の声援である。

（過度な深読みと承知で書いておくが、私は敗戦日本のこの街頭の浮浪児に、お前がそこに立つと日陰になるからどいてくれ、とアレクサンダー大王に言い放ったというディオゲネスを、すなわちシニシズムの徒の偉大な先達の姿を思う。なにしろこれは、石川淳が小説『焼跡のイエス』で汚らしい浮浪児にイエス（キリスト）の面影を見た時代の出来事なのだ。また私は、一九四八年、太宰治の自殺を知らされてすぐ、太宰的な弱さを突き放しつつ深く哀悼した坂口安吾が「不良少年とキリスト」で書いた一節、「人間は、決して、親の子ではない。キリストと同じように、みんな牛小屋か便所の中かなんかに生れているのである」、だから、親がなくても子が育つんじゃない、保護と抑圧を「陰にこもって」使い分ける親などがあったって子は育つんだ、「親がなきゃ、子供は、もっと、立派に育つよ」という痛烈な一節も思い出すのである。）

そして、癩園での句はすべて自己へと重く反射してくる。彼は眼《まなこ》なき他者の眼《まなこ》によって、たしかに見据えられているのだ。他者へのまなざしが他者に見られる己れへのまなざしに変じる——強烈な自我主義者ゆえの意識の習癖というべきか。これが草田男の世界である。

金子兜太のもう一人の師・加藤楸邨の戦後の句も引いておく。

ストに入らんか冬稲妻は雪に落つ　（『野哭』一九四八年）
赤旗と寒土におろす足幾千　（『起伏』一九四九年）
革命歌梅雨の風見がまはりだす　（同）
赤き旗のうしろにどこまでも雪ふれり　（同）

〈ストに入らんか〉の「スト」は一九四七年二月一日、金子兜太が日銀に復職した当日に予定されていたあの全官公労ゼネストのことである（二章4節参照）。公立学校教員だった楸邨はその準備のための「委員会」に出席したりもしている。

空襲で焼け出されて苦しい窮乏を味わい、病臥もつづいた戦後の楸邨である。デモやストへの注視は不安をともないながらの共感的注視だったろう。しかし、あくまで運動当事者としてではなく、外からの注視だったようだ。

「冬稲妻」「寒土」「梅雨」「雪」といった季語は情勢の厳しさや張り詰めた危機感を暗示するが、句は総じて季題の抒情性に包摂されて詠嘆的に収束している。楸邨はあくまで俳句としての「分」を越えないのだ。その抑制的なたたずまいにおいて、楸邨はやはり求心的であり内向的である。詠嘆に収束するその内向性は、ストやデモの当事者の目には「敗北主義的」とすら映るかもしれない。

ここにはいわゆる「俳句らしさ」というものの問題も潜んでいる。俳句はあまりに早くあまりに安易に詠嘆してしまうのだ。なにしろ俳句には詠嘆を主機能とする「や」「かな」「けり」の三大切れ字もある。簡便な詩の簡便たるゆえんだが、詠嘆は詩的完結性の幻想を与えるとともに思考をも停止させてしまうのである。

桑原武夫のいう俳句の無思想性の根本はここにある、と見なければならない。また、戦後の気運に乗じた桑原の外在的批判に対しては共感しつつ反発もした金子兜太が、一方で、戦時中から「短歌的抒情」を、内在的に、自己自身の課題として、批判していた小野十三郎に対しては率直な共感を表明していた(『わが戦後俳句史』など)理由もここにある。詠嘆性による詩的完結という安価な「恩寵」にいかに抗うかは、兜太俳句の課題だった。たとえば彼は、「抒情」という文字に付着する情緒性を嫌って、敢えて散文的に「叙情」と書くことを選びもしたのである。

ともあれ、草田男や楸邨が代表する「人間探求派」は求心的(対自的)すぎて社会性(対他性)に欠ける、というのが「造型俳句六章」における金子兜太の評価だった。しかし、草田男や楸邨におけるこの自己反射性または求心性、内向性が、彼らの句に「私性」を刻み込んで文学性を担保していたことも間違いない。

6 「運動」する兜太――個（孤）と連帯

さて、ようやく金子兜太にもどる。

もちろん金子兜太はイロニーを「知らない」わけではない。現に彼は俳句原論としての「造型俳句六章」（一九六一年）では、井本農一の俳句イロニー説に言及して（内容紹介もせずただ言及するだけで）「充分傾聴に価します」と述べている。しかし、すぐつづけて、「結論的には、アイロニーは最短定型律の属性にすぎない」と切り捨てて一顧も与えないのだ。

詩形の「属性」であるものを「すぎない」で済ませられるかどうか、ほんとうは一大難問のはずだが、これが金子兜太である。つまり彼は、イロニーを知っていて無視する、というより、イロニーを拒んでいるのだ。むろん、イロニー的主体の弱小性、内向性、屈折性、煮え切らなさ、いかがわしさ、空虚さ等々を拒むのである。

ちなみに、〈世界病むを語りつつ林檎裸になる〉が草田男なら、同じく思い屈しかけて林檎を詠んでも

いどみ嚙る深夜の林檎意思死なず　『少年』

と詠むのが金子兜太である。金子兜太は闘争的で屈折を知らない。それは彼の強みでもあり弱点でもある。

社会性俳句の根拠を生活上の「態度」に据えた兜太の主体は、まぎれもなく実生活を生きる「実」の主体である。しかも、草田男や楸邨の句は自己自身へと屈折し内向することによって俳句に「私性」を深く刻み、その「私性」が彼らの文学性を保証したが、兜太はそのイロニー的屈折を拒むのだ。このとき、草田男や楸邨が「対自的＝内向的」にすぎるとすれば、兜太自身は「対他的＝外向的」にすぎることになる。その結果、「状況」の中で「運動＝活動」する彼の句は、時に運動体のスローガンや標語に接近する。

夏草より煙突生え抜け権力絶つ　（一九四八年ごろ　『少年』）

もちろん彼は、労働運動や社会主義リアリズム論と結びついてテーマ主義や素材主義に陥りがちな社会性俳句の弱点は自覚していた。現にすぐ隣には、「政治」と親近した社会主義リアリズム系の「新俳句人連盟」の活動もあったのだ。後に造型俳句論として結実する独自の方法論は早くから模索されていたと見てよい。

三章3節で既述のとおり、前衛・兜太が文学性を託したのは、「私性」ではなく、イメージの力だった。初期の句でも同じである。現に、この句など、「私」というよりほぼ「我々」の位相で詠まれている。だから、散文に移せばたちまち運動体のスローガンめき標語めくであろうこの句が、どれほど文学（詩）たりえているかは、ひとえにイメージの力にかかっている。

旺盛に繁茂する夏草の中から生え出てぐんぐん空へと伸び上がる煙突という一種未来派的なイメージは、結集した工場労働者の力を寓意し表象する。「生え抜け」の命令形は願望であり希望であり、また人麻呂の「なびけこの山」以来の詩的呪言でもある。むろん煙突は復興する日本重工業のシンボルでもあるから、あえて「権力絶つ」と据えたとき、兜太は労働者の自主管理による資本家からの権力奪取プログラムなどを思い描いていたかもしれない。

私は昭和初年の栗林一石路の句を思い出す。戦前の戦闘的「社会性俳句」たるプロレタリア俳句は、党の方針や言論弾圧のためにスローガンや標語のような威勢のよい句は発表できず、もっぱら散文化したリアリズム俳句を量産したが、その中にあって、これは例外的な一句だ。

とろけた鉄のようにメーデーの列が流れ出て若葉　（『シャツと雑草』一九二九年）

真赤にとろけた鉄の流れと若葉の取り合わせはいかにも未来派的だ。無名性を本質とする労働者たちは個の輪郭をうしない、集合的に液化して流動体となって流れるのだ。むろん赤熱した溶鉱の赤は行進の隊列がかざす赤旗の赤でもある。（安部公房が、液化した貧者たちや労働者たちが大洪水となって世界を覆う、という発想で短篇『洪水』を発表するのは一九五〇年のことだ。）

イメージの鮮烈さにおいて兜太の〈煙突生え抜け〉は一石路の〈とろけた鉄のように〉に及ばないが、一句の構成の複雑化高度化においては一石路にはるかにまさる。

縄とびの純潔の額《ぬか》を組織すべし　（一九五〇年ごろ　『少年』）

彼女らが昼休みの女工たちなら現実のオルグ対象だが、「縄とび」が喚起するのはもっと低年齢の少女たち――いまだオルグ対象たる労働者ではないが、何年か後には確実に低賃金女子労働者たらざるを得ない少女たちだ。彼女らの「純潔の額《ぬか》」は労働運動の「未来」そのものである。「純潔の」は観念だが、ここでは、現在を未来に向けて乗り越えていくために必須のイメージでもある。

奴隷の自由という語寒卵皿に澄み　（一九五一年ごろ　『少年』）

原爆許すまじ蟹かつかつと瓦礫あゆむ　（一九五五年ごろ　『少年』）

「奴隷の自由」は占領下の自由の限界を指摘した当時の論壇ジャーナリズムの用語であり、「原爆許すまじ」は原水爆禁止運動などで歌われた歌のタイトル（「原爆を許すまじ」）である。彼自身がレッド・パージの対象となって組合運動からの脱退と福島支店への転勤を命ぜられたのだから前者は彼自身に非親和的、後者は彼自身の立場に親和的という違いはあれ、どちらも社会に流通する言葉、他者の言葉であることに違いはない。だから両句は、冒頭に掲げた他者の言葉を、続く独自のイメージによって自分のものにする（私有化する）という構造で共通している。「寒卵」も「蟹」も、世界と自己自身との関係を内省した「抽象的思惟生活」によって造型されたイメージ（意味喩）である。

歳時記は「寒卵」について、他の季節の鶏卵より滋養が高く殻も固めだ、と説明するが、いま眼前の皿に澄む小さな寒中の卵は、困難な政治的条件下にあって「奴隷の自由」という苦い認識をかみしめながらも、なお屈することなく静かな力を内に湛えて充溢する彼自身の自己像たり得ている。その意味でこの句には兜太の「私性」が刻まれている。しかし、その内的充溢において、この「寒卵」は、個（孤）に閉じるのでなく、潜在的には、運動の「冬」の時代を堪えている同志たちへの連帯に向けて開かれている。

一方、かつかつと足音高く、破壊された都市の瓦礫を歩む蟹は、デモ隊の一員たる彼自身の自己像でもあろうが、そのまま、小さく弱き者でありながら、いま力強い足取りで胸を張り腕を組み合いシュプレッヒコールの声高くデモ行進する市民一人一人の昂然たる姿でもある。だからこの蟹は、学生時代の彼が讃嘆したしづの女の〈女人高邁芝青きゆゑ蟹は紅く〉のような自負を背負った個（孤）のイメージに閉じるのではなく、やはり連帯意識で結ばれた「我々」へと開かれている。

「運動＝活動」する金子兜太のイメージは、「私」に閉じることなく、外部へと、他者へと、連帯する同志「我々」へと、自己を開くのだ。それは強い訴求力をもって読者に働きかける。その訴求力はいわゆる「社会性俳句」の中で飛び抜けていた。匹敵するのは同時代の谷川雁の詩ぐらいだったろう。

なきはらすきこりの娘は
岩のピアノにむかい
新しい国のうたを立ちのぼらせよ

谷川雁の「東京へゆくな」の第二連である。ここには、現実の貧しい娘たちを無垢な未来へと鼓舞する新鮮なイメージがあり、兜太の〈縄とびの純潔の額《ぬか》を組織せよ〉と共通するメッセージがある。

7　イメージは「行動」する――述志とメタファー

兜太的主体は草田男的また楸邨的主体の内向性を切断して行動＝実践へと赴く。その社会批判的行動＝実践には、当然、労働運動や反戦運動への参加も含まれるが、しかしそれは、社会運動との直結を意味するものではない。あくまで俳人は俳句表現によって、言葉によって、読者に働きかける、すなわち行動するのだ。

詩におけるイメージの力の認識を、兜太は主として「荒地」系の現代詩論から摂取したようだが、この時期、散文の方でも、若き江藤淳が『作家は行動する』（一九五九年）を書いていた。サルトルの想像力論などの影響もあって、ジャンルを超えて、イメージ論は自覚的な表現者の共通テーマだったのである。

サルトルの想像力論を機能主義的に変換しながら、江藤は次のように述べていた。

――作家は文章によって「行動する」。その行動の軌跡が「文体」である。行動は「自由」を目指すが、そのときイメージが最大の役割を演じる。人間はつねに「現実」に対して諸々の

「挫折」を強いられているが、「イメイジは『挫折』の上から出発した『行動』によって創りだされていくのである」。作家の想像力が作り出すイメージは、もの（事物や物神化した制度）の桎梏から意識を解放し、人間の認識構造を支配する言葉という「罠」からさえも解放する。想像力こそが人間の「自由」の源泉である。だから、「真のリアリストたらんとする作家は、現代においては必然的にイマジストになる」。そして、イメージを作るとは、何よりメタファーを作ることである。「自由」を奪われた現実の人間はいわば手足なき状態にあるが、「メタファーをつくりあげることによって、切断した手足が回復された世界を映しだすことができる。『愛』、『祖国』、『連帯』などは、事実上石ころのようにころがっているものにすぎないが、メタファーのかなたからうかびあがってくる世界のなかでは、それらはかつてない『意味』と重みを回復して、復位している。このときの詩人は敗北のなかから勝利をつかむという行動をおこなっている」（傍点原文）のだ。いわば、イメージ（メタファー）が未来を拓くのである。

　これをそのまま、前節で引いた兜太の四句〈夏草より〉〈縄とびの〉〈奴隷の自由〉〈原爆許すまじ〉に対する解説と読んでもかまうまい。周知のように、江藤淳は六〇年安保後に「保守」へと「転向」することになるのだが、「転向」以前、イメージ論において金子兜太と江藤淳はほとんど「共闘」可能な場所にいたのである。

　ただし、これら四句は歴史の中で古びた感を否めない。たとえば六〇年代半ばになれば、「煙突」はもう発展する重工業のシンボルでもなく結集する労働者の力のシンボルでもなく、すさまじい大気汚染をもたらす公害のシンボルになってしまうのだし、今日の労働運動の沈滞ぶりは目を覆うばかりだ。むろん、「状況」に深く関わるとはそういう（相対的な）短命さを承知で引き受けることなのだ。

ところで、飯田龍太は「低音のよろしさ——金子兜太」（「俳句」六八年十月号「兜太ＴＯＴＡ」第四号再掲）で、兜太のすぐれた句には「交響曲のなかの低音部のよろしさ」があると述べて、彼自身が手放しで絶讃した二句〈霧の村〉と〈人体冷えて〉を挙げ、逆に「低音をともなわぬ甲高い作はことごとく失敗作である」として〈原爆許すまじ〉を挙げている。

龍太の言わんとするところは、彼の俳句や彼の生き方を踏まえてよくわかる。だが、それを一般化して本論の文脈に移せば、金子兜太がイロニーを拒むことに帰着するだろう。響きわたる高音部にかすかに低音部がともなうというのはイロニーの話法にほかならないからだ。だから兜太句に対するこの評価には、飯田龍太という一俳人の固有の感性を超えて、俳句的感性そのものの問題が潜む。

なるほどシュプレッヒコール的に「甲高い」〈原爆許すまじ〉は最もスローガン的にちがいない。だが、運動体におけるスローガンとは「我々」の「述志」である。俳句や俳人は、座といい結社といい、おだやかな集合性を好むくせに、志ある「我々」を苦手とするらしい。

そもそも俳句は述志を忌避してきたのだった。むろん俳句の極度の短さが述志に適さぬという事情はあるが、それだけではない。文化論的にさかのぼればその淵源は古い。「詩は志を言ふ」とは書経の定義だが、日本では平安朝初期から、公にも関わる述志は漢詩に、和歌はもっぱら意志なき情を、という棲み分けが定着し、この棲み分けは漢字と仮名や男女のジェンダー的棲み分けとも重なって文化の骨髄にしみついたのだった。それでも和歌には幕末維新の志士たちのような述志の歌があるし、近代には与謝野鉄幹以来の「男歌」の流れもある。しかし、俳句の場合は、和歌（連歌）から派生した初期俳諧を担ったのが中世の隠者という「虚」の主体だったし、その隠者性は近世の芭蕉に引き継がれ、近代では子規から虚子へと継承された写生説によって述志は斥けられることになる。つまり、近代俳句はそもそも述志を評価する価値評定の基軸すらもたないのである。

近代において集団的述志の可能性を孕んでいたプロレタリア俳句も党の方針と弾圧のためにリアリズムに傾いたことは先述した。だから、国家公認の述志は実は戦時下の「翼賛俳句」だけだったのだ。しかし、「翼賛俳句」の「私」はあらかじめ「滅私奉公」を要求する国家に束ねられ馴致された「私」にすぎない。

参考までに、櫻本富雄『日本文学報国会――大東亜戦争下の文学者たち』が紹介している文学報国会編『俳句年鑑』（四四年二月）から四一年十二月八日の「感激を直接うたい上げた」句を列記しておく。どれも開戦の詔勅という「公事」への感激を柱にして季感に託した「私事」を添えるという方法で一致している。だが、これらはいわば彼らの身にしみついた技術、すなわち俳句的習性にすぎない。詔勅は主体化され内面化された述志にまで至っていないし、「私」の方も感激を自己一身で引き受けるほどの自立性をもたない。

大詔渙発桶の山茶花静にも　水巴
うてとのらすみことに冬日凛々たり　亜浪
かしこみて布子の膝に涙しぬ　風生
冬霧にぬかづき祈る勝たせたまへ　秋桜子
マスクせる兵の感涙きらびやか　蛇笏
かしこし勅《みことのり》、昼はふたりきりの箸をおく　井泉水
霜の朝坐って飯を喰ってゐる幸を泣く　一碧楼

一方、近代俳句から述志を排除した張本人たる虚子にこんな句がある。「客観写生」「花鳥諷詠」を掲げるずっと以前のことである。

霜降れば霜を楯とす法《のり》の城
春風や闘志いだきて丘に立つ

どちらも一九一三年、久しく小説にかまけていた虚子の俳壇復帰時の句。碧梧桐の「新傾向」に対する戦闘宣言として知られている。近代に稀な述志句だといってよいだろう。〈春風や〉の方は「闘志」の内容に触れていないのでどんな内容も代入可能で、その分小中学生にも通じる大衆性をもつ。対して〈霜降れば〉は有季定型という俳句の「法＝真理」を仏法になぞらえて、これが真理護持の戦いであることを寓喩化している。大衆性には欠けるかもしれないが、儀礼めいた前記「翼賛」俳句に比べれば、表現性の高さは一目瞭然だ。そして、その表現性はひとえに意味喩（寓喩）のイメージ喚起力にかかっているのである。

同様に、本章5節で引いた草田男の〈いくさよあるな麦生《むぎふ》に金貨天降《あまふ》るとも〉も、やはり「いくさよあるな」の突出するメッセージ性に匹敵するだけの文学性を付与していたのは「麦生《むぎふ》に金貨天降《あまふ》るとも」の擬聖句的な意味喩（寓喩）のイメージ喚起力だった。しづの女の〈女人高邁芝青きゆゑ蟹は紅く〉を述志と読めば同じことがいえるだろう。述志の句の文学性（詩性）をイメージによって担保しようとする金子兜太の方法は正しいのである。

なるほど兜太の〈原爆許すまじ〉に「低音部」がともなわないのはたしかである。イロニーの屈折は俳句という短詩型の述志においては端的に「敗北主義」的に響きかねないのだ。むろん、虚子の句にも草田男の句にもしづの女の句にも、イロニーなどかけらもない。

だが、金子兜太が「低音部」を知らないわけではない。現にレッドパージの痛棒を喰らって「奴隷の自由」という苦い認識を誰より身にしみて味わった俳人が金子兜太である。いわば兜太の「低音部」は句の手前にある。

江藤淳がいうように、「イメイジは『挫折』の上から出発した『行動』によって創りだされていく」が、「挫折」を「停滞」や「あきらめ」の同義語にしないために、「停滞」や「あきらめ」を乗り越えるために、想像力は発動するのである。

きよお！と喚いてこの汽車は行く新緑の夜中　（一九五二年ごろ『少年』）

だから、このすさまじく励起された句の内圧は、兜太が「挫折」から身を起こすためにふりしぼらねばならなかった気迫の総量に対応しているはずだ。

むろん「喚いて」行くのは彼自身だ。屈しがちな心を奮い立たせる無二無三の喚きである。「きよお！」に「今日」の響きを聴くなら、いよいよ困難な闘いに赴く「今日」である。単独性を指示する「この」は孤立無援かとも思わせ、それゆえ、かろうじて闘志を支えるわずかな希望の色として、夜中で見えないはずの「新緑」がどうしても書き込まれなければならなかったのである。

8 造型性と社会性――兜太と重信と塚本邦雄

金子兜太が自身の実作で実践していた方法を理論化したとき、彼はそれを「造型俳句」と命名した。「造型」は美術用語だが、形象（イメージ、メタファー）を造る（構成する）、というほどの意味だったろう。もしかすると、言葉という実質なきものを、ただの機能としてではなく、質量も質感も色も匂いもある「物質」のごとく用いる、という詩人的な芸術観も含ませていたかもしれない。

だが、俳句について「造型」という言葉で語ったのは兜太が最初ではない。

たとえばそれは、高柳重信の第一句集『蕗子』（一九五〇年）に寄せた富澤赤黄男の「序にかへて」に現れていた。「彼の詩の方法は確然と造型性の上に置かれてある」と。しかも、「彼の詩の構成の方法は今後更により絵画的造型へ近接するのではないか」「彼は言葉の連続性と不連続性の統一を造型性に置かうとする」（圏点原文）と短文中で三度繰り返されている。「造型」

は赤黄男が読み取った重信の方法の核心なのだ。兜太がそれに気づかなかったはずはあるまい。

高柳重信は俳句における芸術派（美学的前衛）だったが、短歌における芸術派（美学的前衛）だった塚本邦雄は第一歌集『水葬物語』（一九五一年）の跋文を次のように書き出していた。「僕たちはかつて、素晴らしく明晰な窓と、爽快な線を有つ、ある殿堂の縮尺図を設計した。それは屡屡書き改められ、附加され、やうやく図の上に、不可視の映像が着着と組みたてられつつあつた」。

「僕たち」（塚本と亡友・杉原一司）の目ざした厳密な「縮尺図」によって「設計」された「殿堂」としての短歌の建築が、重信の句について赤黄男のいう「造型」と同じ方法を指すのは明らかである。実際、芸術観を共有する者同士として、重信と塚本は早くから親交があった。

「造型」はまず芸術派の方法概念だったのである。金子兜太は、社会性俳句の文学性（詩性）を高度化するために芸術派の方法論を摂取したのだ。それは社会派と芸術派とを統合止揚する試みだったといってもよい。ここに両者の「共闘」可能性も生れたのである。

現に、林桂「金子兜太と高柳重信」（『俳句・彼方への現在』所収）によれば、兜太が初めて「造型」という言葉を使った一九五六年の講演を聞いた重信は「僕の持論と全く同じ」と書いていたそうだ。

だが、伝統俳句に対抗する限りにおいて共闘する場面もあった兜太と重信は、やがて決定的に決裂してしまう。『語る兜太』での兜太の回想によれば、一九七〇年ごろ、まことに些細な、嗤うべき出来事で重信がへそを曲げたのがきっかけだったらしいが、そんな逸話の真偽にこだわる必要はあるまい。いつでもどこでも「保守」は合同し「前衛」は分裂するのだ。「保守」は大衆という利益基盤を共有するが、大衆を拒絶する「前衛」は己が主義主張の純正性にこだわるしかないからである。

もちろん、戦術的「共闘」可能性は別として、芸術派と社会派では、そもそも主体のあり方がまるで異なる。芸術派の主体は実生活を遮断した「虚」の主体だが、社会派は実生活の倫理性をそのまま引き継ぐ「実」の主体なのだ。

したがって、芸術派が社会的主題を扱う時の方法はもっぱらイロニーである。リラダンに倣って「生活なんて召使に任せておけ」とでもいいたいであろう美学的前衛にとって、現実という俗なるものは侮蔑と嘲弄の対象でしかあるまい。やむを得ず関わるならイロニーの遊戯的な悪意をもって、というわけだ。

たとえば、金子兜太の他者に対する有情善意の一句〈縄とびの純潔の額《ぬか》を組織すべし〉と塚本邦雄の非情悪意の一首〈少女死するまで炎天の縄跳びのみづからの圓驅けぬけられぬ〉（『日本人靈歌』）を対比してもよいが、「社会性」に関わるものとして塚本の『水葬物語』から二首を引く。

革命歌作詞家に凭りかかられてすこしづつ液化してゆくピアノ
赤い旗のひるがへる野に根をおろし下から上へ咲くジギタリス

〈革命歌〉は、人民大衆のために書かれた歌詞の紋切型のイデオロギーに対する皮肉だろう。音楽とちがって、詞（詩）はイデオロギーという「意味」から逃れられないのだ。〈赤い旗の〉は社会主義国のイメージかもしれない。もっぱら「上から下へ」一方的に命令が伝達されるおそるべき統制社会において、人民の「野」に「根をおろし」たジギタリスだけが「下から上へ咲く」。ひるがえる赤旗の赤色はあざやかだが、塚本自身の植物学的記述（『百花遊歴』によればジギタリスの花の色は暗く濁った「赤紫色」、しかもこの花は「劇毒を含み転じて薬用に供される」というのだから、二重にも三重にもイロニーの毒が効いている。
あるいは塚本『日本人靈歌』（一九五八年）巻頭のよく知られた一首。

日本脱出したし　皇帝ペンギンも皇帝ペンギン飼育係りも

誰もがうんざりする高温多湿の夏の体感を踏まえて、ペンギンは短軀矮小の日本人の姿をよく戯画化し、「皇帝ペンギン」はその日本人の「皇帝」たる天皇を連想させずにおかぬ仕組みだ。(では「皇帝ペンギン飼育係り」は誰のことか?)この一首の背後で塚本が意地悪く北叟笑んでいただろうことを私は疑わない。

高柳重信には現実的場面に還元可能な句は少ないのだが、数少ないその一つ。『蕗子』(一九五〇年)から。

船焼き捨てし
船長は

泳ぐかな

思わせぶりな一行アキが読者を嘲弄する。戦争の記憶なまなましい時代のこと、船長は船と運命を共にすることを期待され予期されている。ましてや重信が少年時から帝国海軍の艦船を偏愛し後に『日本海軍』なる句集を出すという後年の知識を加えればなおのことだ。到来する悲劇への期待と予感は空白の一行において宙づりにされ、宙づりのまま いやおうなく増幅されるが、しかし、船長は生き延びんとして泳ぐのである。このとき張りつめた悲劇の予感は一瞬にして喜劇へと転落し、読者は肩すかしをくらって取り残される。ここに生じる精神的脱臼感を歴史的社会的にいっそう拡大すれば、この船長は、死の欲動に取りつかれた戦時下の船を棄てて戦後的な生の欲望の海を泳ぎ出した日本人の象徴とも見え、船ならぬ国土を焦土と化して生き延びた「皇帝ペンギン」ならぬ「象徴」その人とも見えてくるだろう。だから、末尾「泳ぐかな」の「かな」は詠嘆というよりは嘲弄の「かな」、皮肉の「かな」なのだ、とさえいいたくなる。この句の読者に対する、また何事も詠嘆をもって受容してしまう俳句という器に対する、さらには、何事も詠嘆するだけで思考停止してしまう日本人の習性に対する、嘲弄の「かな」、皮肉の「かな」なのだ、と。しかしまた、そんな大げさな寓意は読者の勝手な深読みにすぎず、船長が自力で焼き払える程度の船ならば、これは光栄ある帝国の鋼鉄の艦船どころか、ただの木造の密漁船かもしれないのである。ここにも偉大なものと卑小なものが非決定のままアイロニカルに共存している。

最後に、ダメ押しのように、高柳重信の敗戦直後のエッセイ「敗北の詩――新興俳句生活派・社会派へ」（一九四七年）の一節を引いておく。

僕は、だから、俳句を選択した動機の中に含まれている半ば無意識に似た敗北主義こそ、逆にさかのぼって俳句の性格を決定する重要な要素であり、そこから無意識に引き出される虚無主義の妖花こそ、今後の俳句の当然の課題ではなかろうかと考える。

高柳重信的主体が中世の隠者文学的伝統に適うものであることを如実に示す一節だが、この「敗北主義」と「虚無主義」こそ、金子兜太が決して肯んじようとしなかったものだ。

9 「創る」ことと「成る」こと――兜太と人間探求派

「造型」という用語と方法論は金子兜太の方から芸術派に接近した、いわば積極的「対話」の成果だとみてよい。現に兜太はこの後も、海軍経理学校以来の知友だった村上一郎の媒介で、短歌において美学と社会性との統合を試みていた前衛・岡井隆との共著『短詩型文学論』（一九六三年）を出したり、句集『早春展墓』（七四年）には塚本邦雄の解説文をもらったりして、「対話」を継続する。

その造形論の骨格を初めて包括的に述べたエッセイ「俳句の造型について」（一九五七年）で、彼は「創る自分」というものの重要性を強調した。

私の補足も含めてまとめれば、兜太はおおむね次のように述べている。

――俳句の「素朴な方法」は「対象と自己との直接結合を認めている」が、「造型」は逆に両者を分離して中間に「結合者」としての「創る自分」を立てる。そうすることで、自然であれ社会であれ対象を自由に検討して認識を深化させ、ひるがえって自己の感覚や意識を省察探査し、さらに対象と自己との関係をも反芻することが可能になる。むろん表現効果を細心かつ大胆に計算するのも「創る自分」である。「創る自分」はなにより「現実」に対応するイメージ（形象）の構成を求めるゆえに、その作業過程を「造型」と呼ぶ。イメージの中心は「暗喩」（メタファー）である。対象と自己とを、両者の関係も含めて、簡潔に表象できるのはメタファーだけなのだ。だから、「描写」から「表現」へ、さらに「造型」へ、これが俳句の目指す方向だ。

兜太のいう「創る自分」は、本論で私が用いてきた言葉では、「表現主体」に該当する。それが表現主体であるかぎり、「創る自分」はただ句作過程にのみ関わる存在であって、実生活を生きる主体とは異なる位相にある。その位相の違いを徹底すれば、表現に専心する「創る自分」は実生活とは完全に切断された芸術派的な「虚」の主体ともなるだろう。

したがって、兜太において、「創る自分」は芸術派の「虚」の主体を代替する機能をもつ。「実」の主体である社会派が芸術派の方法論を十全に摂取するためには、生活主体と別位相に「創る自分」の設定がどうしても必要だったのである。

とはいえ、兜太が芸術性だけに傾くことはない。「創る自分」が対象と自己とをいったん分離するのも、両者を再結合させたメタファーを獲得して作品を構成するためであって、その機能を完遂すれば消滅するのである。つまり、兜太にあって、「創る自分」は実体ではなく、あくまで句作に際しての暫定的で仮設的な機能概念なのであり、それは芸術派の「虚」の主体のように独自の存在位相を持続的に確保した創作主体ではないのだ。

「虚」ならざる兜太の主体は、あくまで現実的諸関係の中にある。現に兜太は、『創る自分』の自惚れを解消するためにも、リアリスティックな態度が要求される」(「俳句の造型について」)と述べている。『創る自分』の自惚れ」とは、ドイツ・ロマン派的な「虚」の作者の絶対自由(主観的自由)のことだと思ってもよいし、現実によって規制されない美学的前衛の陥りがちな独りよがりの放縦さのことだと思ってもよい。ここで兜太は、高柳重信的な「虚」の前衛と別れることになる。

その意味で、「創る自分」を強調しても、金子兜太はやはり中村草田男と同じく充溢した「実」の倫理的主体なのである。そして、たとえ兜太が草田男の倫理の求心性に飽き足らなくとも、倫理性は常に社会的である。(「虚」の主体であることにおいて、高柳重信的前衛は、実は隠者文学の伝統から出現した俳句(俳諧)的主体の「正統」に属している。むしろ草田男や兜太の「実」の主体の方が「異端」である。)

兜太自身の史的意味付けでは、「造型俳句」は人間探求派の倫理主義と新興俳句の構成主義とを統合止揚する方法論だったろう。それはまた、『銀河依然』で社会性や思想性といった散文的要素と詩的要素とを総合する「第三存在」としての表現を模索していた草田男の試みを継承発展させたという一面ももつはずだった。しかし、兜太が造型俳句論をさらに拡充して「造型俳句六章」（一九六一年）を発表したとき、最も激怒し、最も強く反駁したのが草田男だった。

草田男が「現代俳句の問題——金子兜太氏へ」（一九六二年）で展開する批判は二点に絞られる。一つは、兜太が俳句の本質を十七音の短詩性に限定して、日本人の外界と内面とを有機的につなぐ季題を否定し、季題とともにある「俳句性」を否定したこと。もう一つは、『創る作者』などという全体から切離されたはかない個体意識の物理的な機械的な操作」を強調したことである。それでは「一種のデカダンス的な混乱混迷」を引き起こすだけだ、と草田男はいう。しかし、批判の前段は戦前の彼のモダニズム批判の反復であり、後段は兜太を山口誓子などの構成主義に引き寄せすぎている。

実は草田男は、これより四年前のエッセイ「個人と自己」（一九五八年）では、兜太の「俳句の造形について」に対して、「創る自己」などというものは「ただ創作の場合に作者が実践的にたどってゆくべき過程の段階説明としてだけ受取るとすると、実に何の新しさもない、当然の事実の表明にすぎない」と述べていた。そっけなくはあるが、しかも兜太の本文は読まず中島斌雄の要約を踏まえての反応だったらしいのだが、ともかく首肯していたのである。そんなことは自分はとうに知っており、実践もしていた、というわけだ。

四年前の消極的肯定から四年後の全否定へ、草田男のこの態度変更の背景には、六一年末に草田男ら「有季定型」を掲げる一派が現代俳句協会を脱退して俳人協会を結成し、草田男が初代会長に選任された、という「事件」があった。三章5節で述べた「保守帰り」の始まりである。しかしそれはここでの私の関心事ではない。

大事なことは、兜太の「創る自分」の仮設は、ただあたりまえな創作過程を微視的に記述してみせただけだ、ということである。作句や推敲の過程を各自省察してみればだれでも納得できるだろう。その限りで、それは草田男にとっても「当然の事実」なのである。

加えて、そもそも「二物衝撃」とも呼ばれた取合せ式の俳句構成法を率先して実践してきたのが草田男と人間探求派だったのである。彼らの代表句はいずれもそうだ。

蟾蜍長子家去る由もなし　草田男
かなしめば鵙金色の日を負ひ来《く》　楸邨
初蝶やわが三十の袖袂　波郷

実際兜太は、旧制高校時代に草田男が臨席していた「成層圏」の東京句会に初めて出席した際、新顔のくせに、俳句は「構成」されるべきものだ、と「一席ぶちあげ」たことがあって、それは「草田男や楸邨の作風を踏まえて」の発言のつもりだったが、あとで先輩に強くたしなめられた、という思い出を語っている（『わが戦後俳句史』）。

人間探求派は、おそらくは誓子らの――ひいては誓子の影響下に勃興した新興俳句の――知的かつ感覚的な構成主義と差異化するためだったろうが、自分たちはただの構成主義ではない、と主張したがった。実際彼らは、例示した彼らの代表句のどれもがそうであるように、二句一章あるいは二物衝撃の一句一物を季語に定位することで、季語と内面との象徴関係を重視した。一種の「自然象徴」説である。その結果、彼らの言説は、むしろ反知性主義的、反技術主義的、反構成主義的となり、ことさら人格主義を強調する傾きを生じた。彼らが「人間探求派」と呼ばれるゆえんだが、それは時に神秘主義的言説にさえ傾いた。

桑原武夫「第二芸術」は、俳人の言説の「神秘的傾向」の原因は師弟の人格関係によって閉ざされた結社の「中世職人組合《コンパニオナージュ》」的性格に由来するとみなして、「私と俳句と自然の偉霊とは三にして一である」という臼田亜浪の言を引いている。もちろん桑原は「人間探求派」の言葉を引くこともできたはずだ。

たとえば楸邨の「真実感合」はその典型である。日中戦争が泥沼化して日米の緊張が高まっていた時期、芭蕉の「松のことは松に習へ、竹のことは竹に習へ」などを援用して、楸邨はいう。

〔芭蕉は〕自然の真実に感合して自己を自然と浸透させるすべを自得したのである。自然に感合することによって、人間的存在の真実をその中に浸透する態度、これこそ、俳諧が短詩型でありながら厳として存在する所以である。

（「真実感合」一九四一年　傍点原文）

すでにいくぶん秘儀めいている。自然と自己とが「感合」（直接結合）するとき、「創る自分」などというものが介在する余地はない。

波郷もまた、「畏くも御召により、晴の入隊をすることになつた。入隊までに三日しかない」と書き出して「時局社会が俳句に要求するものを高々と表出すること」という覚悟の表明で結ぶエッセイでいう。

俳句こそは些の偽りも許さぬ行道である。構成とか創作とか想像とか、さういふものが文芸の性格を為すならば、俳句は文学ではない。俳句は人間の行そのものである。生そのものである。

（「此の刻に当りて」一九四三年）

俳句はこのとき、「芸」ではなく「行」になり「道」になる。人間修行の俳句道である。俳句によって完成される人格とは文字通りの「俳人格」（平畑静塔）にほかなるまい。

つまり、兜太が「俳句の造型について」の冒頭で批判対象とした「対象と自己との直接結合」を説く「素朴な方法」とは、ほかならぬ「人間探求派」のことでもあったのである。だから、一九六二年のいままた、草田男が激していう。


貴君〔兜太〕は「創る自分」を対象との間に介入させて、それを「主体」とか呼んでいるようですが、いい気なものであり、同時に中途半端な姑息な方法論です。「主体性」とはそんな限定された念頭操作などではなくて、対象に臨む作者の人格と全能力と全存在とをあげての総体の意味です。（中略）この「主体性」と「俳句性」とが一枚に混融された恵まれた瞬間には、作者の内蔵する要素は、対象の「季題」を中心として活けるものとして突如輝き出る作者の外的要素と一体になって、作者の内外要素は唯一つの生命体となるのです。その際に、他のもろもろの操作と一つになって、知的分析も知的再構成も電光のごとくに達成、成就されるのです。若し、貴君がこの玄妙の経験を体得していられるなら、こんな「造型」などという味気ないメカニズム論を今さら口にされるはずはありません。

（「現代俳句の問題」傍点原文）

兜太の「創る自分」をことさら「メカニズム論」に限定したうえで、俳句の神の「玄妙」なる恩寵を体験した先達が、いまだ恩寵にあずからず、未来永劫失寵のまま救われぬであろう後進を憐れむ口調だ。

草田男の恩寵体験において、句はおのずと「成る」のであって、「創る」ものではない。しかし私が思い浮かべるのは、キリスト者・草田男が暗示したかったかもしれぬ聖人の恩寵体験でもなく、草田男が愛読したニーチェのいう「生成」でもなく、むしろ自ずから成り成りてやまぬ日本的自然《じねん》であり、その自然《じねん》の伝統に対比して、戦時下の丸山真男（『日本政治思想史研究』）が徂徠学の検討を通じて強調した近代の要件としての「作為（創る）」の自覚のことだ。俳句という「特殊」ジャンルにおいては、最も力動的に「近代」を追求したはずの草田男においてすら、なおも「作為（創る）」は忌避されているのである。

兜太自身は、人間探求派が「構成」を嫌い「技術論」を嫌うのは、彼らの象徴主義が「実写主義」を根底としているからだ、と述べている。つまり、「自分の『心』のあるがままを言葉に移そうとする」（「造型俳句六章」）がゆえに、心の鍛錬こそが根本義になる、ということだ。

しかし私は、それに加えて、ここには「人間探求派」に限定されない俳句の即吟性という問題があるだろう、と思っている。極端な短詩型であるがゆえに自ら欲望もし他から期待もされる即興性である。いわゆる「挨拶」もここに含まれる。即吟性を失えば俳句の魅力も半減するだろうと思われるほどに、それは俳句の大衆性に直結している。

時宜に応じての即吟に際しては、作者の人柄がおのずと表出されざるをえない。技術より人格を、という観念はここに胚胎する。その究極の理想は、興に乗じて口をつく言々句々、おのずと俳句の形をなして俳句の矩《のり》を踰《こ》えぬというほどの境地、つまりは「俳人格」にほかなるまい。そしてこの即吟性は、七〇年代以後の兜太俳句の「変質」と深くかかわるのだ。

現に兜太は、この論争の後、構成主義と混同されるのを嫌って「造型」という言葉を使うのをやめ、「表現」や「イメージ」や「映像」という言葉で代用するようになっていくのだし、後年の兜太は、一茶や山頭火といった、構成主義とはまったく反対の、即吟的で全人的な表現者に魅かれていくのである。そして、「難解派」だった兜太が山頭火や一茶に倣って表現の平明さを目指し始めるとき、彼の句は造型性を失って、いわば兜太というユニークな「人格」の流露のようになっていく。その意味で、金子兜太はやはり「人間探求派」に師事した人だったのだが、ここには、金子兜太という一俳人の問題を超えて、詩形式としての俳句表現というものの特殊な困難がある。

一方草田男は「現代俳句の問題」で、兜太の〈彎曲し火傷《かしょう》し爆心地のマラソン〉を〈爛《ただ》れて撚《ねじ》れて爆心当なきマラソン群〉などと添削してみせたが、論の内容以上にこの添削によって、彼がすでに「現代」を呼吸できない過去の人となってしまったことを如実に示す皮肉な結果となったのだった。

ともあれ、金子兜太はイロニーを拒みつづけた。それゆえに「造型」論を必要とし、それゆえに六〇年代の前衛となった兜太は、それゆえに七〇年代以後も社会性から「転向」しなかったのだ、と私は思っている。それはまた、イロニー的諧謔とは似て非なる金子兜太のユーモアとも関わるのだが、事は「前衛」ではなく「還相《げんそう》」の兜太の軌跡に属する。

五

還相《げんそう》兜太（一）——大衆の方へ、「非知」の方へ

1　嬉しく生きている素振り——吉本隆明と七〇年代的転向

学生時代のある日、ふと開いた雑誌に載っていた吉本隆明の詩の一節がひどく心に沁みたことがあった。その数行を書き留めた古い手帳はいま見つからないが、『吉本隆明全詩集』で確認すると、それは「ユリイカ」一九七五年十二月臨時増刊号の「時間の博物館で」だった。私が書き留めたのは、全三連六十五行の中の次の三行だった。

嬉しく生きている素振りが耻しいために
いまならば優しくなれる
そんな時をうしなつてきた

私が大学に入ったのは、連合赤軍のあさま山荘立籠りが世間の耳目を集め、つづいて彼らの凄惨なリンチ殺人の実態が暴かれた直後の一九七二年春だったが、それでも政治（革命）の季節の余燼くすぶる学生寮で、私は周囲の政治的ラディカリズムとリゴリズムの言説に対抗すべく、あたかも一個の文学的ラディカリストにしてリゴリストであるかのごとくふるまいつづけたのだった。そのあげく、身を守るために自ら着込んだ鎧の重たさにようやく疲弊し始めながら、なお脱ぎ捨てる方途を見つけられずにいたのである。この三行は、その鎧の隙間から私の頑なな心に沁み入ったのだった。

それはあくまで私一人の内密な事情にすぎない。しかし、もう少し広い文脈での感想もあった。

吉本隆明は、かつて、「ぼくがたおれたらひとつの直接性がたおれる／もたれあうことをきらった反抗がたおれる」（「ちいさな群への挨拶」）と書き、「ぼくが真実を口にするとほとんど全世界を凍らせるだろうという妄想によって　ぼくは廃人であるそうだ」（「廃人の歌」）と書いて、青年期というものに特有のラディカリズムとリゴリズムの極北を定式化した詩人だった。そして、『言語にとって美とは何か』『共同幻想論』などで、六〇年安保闘争挫折後の思想再構築の可能性をほとんど独力で切り拓いてきた思想家だった。その吉本隆明の、これが現在の内心の吐露であるか、それなら、時代はたしかに変わったのだ――と。

吉本隆明が「わが『転向』」を発表するのは「文藝春秋」一九九四年四月号だが、いまふりかえれば、七五年の長篇詩の途中にさり気なく記されたこの三行が吉本の転向告白の第一声だったのではないか、という気がする。それどころか、この三行は七〇年代的転向の気分（と論理）を凝縮した詩句として、「吉本（私淑）世代」を含む以後すべての転向を肯定し、積極的に使嗾してもいたのではないか、とさえ思う。

その「わが『転向』」で、吉本が転向理由として特に強調したのは、一九七二年前後に第三次産業従事者人口が第二次産業従事者人口を超えたこと、つまりサービス業が製造業を上回ったことだった。それゆえ、都市（第二次産業）と農村（第一次産業）の対立に立脚する「ロシア的」革命ヴィジョンがとっくに失効したのはもちろんのこと、都市ももはや、第二次産業従事者にして革命＝労働運動の担い手たる工場労働者のものではなくなったのである。

（むろん、兜太の〈夏草より煙突生え抜け権力絶つ〉の主体は工場労働者だった。そして、「ロシア的」革命ヴィジョンが失効するとき、〈無神の旅あかつき岬をマッチで燃し〉に私が読み取った「辺境革命」の毛沢東的革命ヴィジョンも失効するだろう。鄧小平が「改革開放」を打ち出して市場経済へと大きく舵を切るのは一九七八年のことだ。）

生産の場ならぬサービス（提供と享受）の場と化した現代都市を、吉本は「超都市」と呼ぶ。それはモダン（近代）都市を超えたポストモダン都市であり、高度に発達した資本主義が実現した消費都市でありハイテク都市である。「嬉しく生きている素振り」の解放は、すなわち、この「超都市」が提供する快楽の肯定なのだ。

かつて「嬉しく生きている素振りが恥し」かったのは、未来に設定された革命という究極の理念（目的）に照らして、多くの不合理を残す現在を肯定してはならなかったからである。現在は未来へのなお困苦に充ちた過程であり、目的に従属する手段として位置づけられ意味づけられていたのだった。しかしいまや「九割一分の人が自分たちは中流だと思っている」、「十年、十五年後には九割九分の人が、私は中流だと言うでしょう」(「わが『転向』」と述べる吉本は、今日ふりかえれば、いわば楽天的な永続するバブル気分の中にいたわけだが、とにかくその現状認識と未来予測を踏まえて、彼は革命的ラディカリズムと倫理的リゴリズムの解除を自らに許し、現在を現在として、それ自体に価値あるものとして、解放するのである。

「文学、映画、テレビと、全てにわたって軽さ、明るさが充満している」(同)。たしかに、吉本が八〇年代末から連続して執筆した『マス・イメージ論』『ハイ・イメージ論』は、前者はサブカルチャー(マスカルチャー、ポップカルチャー)文化論として後者はハイテク都市論として、ともに「超都市」が提供する「軽さ、明るさ」の文化的快楽の分析であり、「嬉しく生きている素振り」を隠さないための誠実な思想的営みだったといえよう。戦時下の青年だった時期以来ずっと、「アカルサハ、ホロビノ姿デアロウカ。人モ家モ、暗イウチハマダ滅亡セヌ」という太宰治『右大臣実朝』の一節を玉条として把持してきたという吉本隆明が、いま初めて、「アカルサ」の肯定へと転じたのだといってもよい。

(金子兜太も、戦時中に『右大臣実朝』を読んだのがきっかけで実朝が好きになり、『金槐集』をかなり熱心に読んだ、と回想している(「秩父山河」)。太宰の『右大臣実朝』は書下ろしで一九四三年九月に刊行された。ちょうど金子兜太が東京帝大を半年繰り上げで卒業したころである。すると、死に向けて歩む悲劇の将軍実朝に兜太が惹かれていたのは、入行してすぐ日銀を退職し、いずれは出征する身として海軍経理学校で訓練を受けていたころだったかもしれない。)

戦時下の転向は権力の弾圧におびえつつ日常性に逼塞する一方で、多くは民族主義や国家主義へと雪崩れた。六〇年代の転向は大半が「保守帰り」する中で、ナショナリズムを否定的媒介として土俗や土着の深みに近代の超克可能性を探ろうとする思想上また表現上の「前衛」の動きも含んでいた。対して、七〇年代的転向の特徴は、この「軽さ、明るさ」としての日常性の肯定にあった。それは自足した都市的感性の解放であり、「嬉しく生きている素振り」の肯定だったのである。

2 軽みとイロニー——坪内稔典の「ゼロの句法」

日常への回帰と軽さ・明るさの肯定は、小説では若い世代のリアリズム離れ、ポップ・カルチャー志向やファンタジー(物語)志向となって現象した。

とはいえ、八〇年前後にデビューしたいわゆる「全共闘(転向)世代」の代表たる村上春樹や高橋源一郎は、サブカルチャーへの言及をちりばめたポップな表層の背後に書かれざる暗い体験（六〇年代末の死者の記憶）を暗示する、というスタイルをとった。つまり、彼らの軽さ・明るさは本気か冗談か判別しにくい「戯れ」として、一種のイロニーの色調を帯びて始まったのだった。

いちはやく村上春樹の「新しさ」を「イロニー」の一語で括ってみせたのは柄谷行人「村上春樹の『風景』」（一九八九年初出）だった。村上春樹の世界、たとえば『1973年のピンボール』は題名そのものが大江健三郎の重たい『万延元年のフットボール』の軽いサブカルチャーへのずらし＝イロニーだったが、そこでは、自殺した女性の固有名が消去され、「僕」による彼女の記憶の探索はとるにたりないピンボールマシン探索へとすり替えられたり、桜田門外の変の直後に改元した「万延元年」からちょうど百年目にして重たい安保闘争の年だった特権的な「一九六〇年」が軽い「ボビー・ヴィーが『ラバー・ボール』を唄った年」になったりする。そうやって「無意味なもの」を有意味なものの上におく」イロニーの戯れの結果、「歴史」が消えて「風景」になる、と柄谷は論じたのだった。とはいえ、重たいものは完全に隠されているわけでなく、軽やかな戯れの背後に見せ消ち風にほのめかされているのだ。

以来、軽さ・明るさの背後に一抹の翳りやかなしみを暗示する、というスタイルは村上や高橋に後続する八〇年代都市小説の共通のスタイルになる。いわば彼らは「アカルサ」にかすかな「ホロビノ姿」を見せ消ち風にあしらうことでアイロニカルに文学性を担保していたのであって、それは二十世紀末の社会現象としての「終末論」ブームの気分とも適合していた。その意味で、『大洪水の後で――現代文学三十年』所収のエッセイなどで何度か書いたことだが、八〇年代は「太宰治の時代」だったのである。――太宰治も左翼転向作家だったし、なにより彼は、四章4節で触れたとおり、自意識過剰をメタフィクション的構造にまで展開したイロニーの作家だったのであり、しかも、「ヴァイオリンよりヴァイオリンケエス」(『ダス・ゲマイネ』)、つまり、中身・実質より見かけ・イメージという八〇年代消費社会的精神を見事に言い留めた「キャッチコピー」の作者でもあった。

軽さ・明るさは詩歌の世界ではライト・ヴァースとして流行した。最大の成功が短歌の俵万智『サラダ記念日』(八七年)だったことはいうまでもない。一九六二年生れの俵万智には、暗さや苦悩を隠し味のように演出することすら不要だった。彼女の歌は六〇年代的情念からも詰屈な前衛志向からも完全に吹っ切れて、イロニーの翳りなどかけらもない。

大きければいよいよ豊かなる気分東急ハンズの買物袋　(『サラダ記念日』)
白菜が赤帯しめて店先にうっふんうっふん肩を並べる　(同)

こうして俵万智は、なめらかな口語体に自分自身を「万智《まち》ちゃん」と詠うナルシスティックな自己演出をまじえて、「女歌」ならぬ「嬉しく生きている」「女の子短歌」の道を広く拓いた。

では俳句界はどうだったか。

宇多喜代子「個の凍結とその時代——昭和四〇年代の問題」（『つばくろの日々』所収）から摘記すれば、「昭和四〇年代」、すなわち西暦で一九六五年から一九七四年は、戦後的な諸特質が消失した「豊かさ」の時代であり、戦後俳句の「連帯意識」が消えて「個」に分散した時代であって、論争や批評がなくなって結社主義が徹底し、句集出版が派手になり、「褒め合い」が始まった時代だった、この時代に「戦後俳句は、はっきりとその活力を失った」ということになる。

おだやかに自足した「保守帰り」の風景だ。このおだやかな風景の果てに、軽さ・明るさの時代が到来するのである。だが、それが軽さ・明るさへの転向であるならば、文学諸ジャンルにおいて、俳句こそはもっとも容易に転向できたジャンルだったろう。俳句（俳諧）はもともと日常の詩であり、芭蕉以来の「軽み」という理念も所有していた。つまり、俳句はもともとライト・ヴァースだったのだから。

前章で書いたように、大きく重たいものを小さく軽いもので代替するイロニーの手法は俳句の本質に属しているし、芭蕉の「軽み」への志向が彼の求道者精神からの意図した転身の試みだったとすれば、それもやはり一種のやつし、すなわちイロニーとしての性質を秘めている。

嘱目の風景に歴史を観想する〈夏草や兵《つはもの》共《ども》がゆめの跡〉は観念（心）の負荷によって重たいが、彼自身が「軽み」の実践だと自認する〈鶯や餅に糞《ふん》する縁のさき〉はたしかに「無心」の風景で軽いのである。だが、芭蕉自身がこの「軽み」に自足できたなら、彼は死に際して〈旅に病《やん》で夢は枯野をかけ廻る〉などと詠む必要もなかったろう。その意味で、あくまで「軽み」は芭蕉のやつしの一態であった、と私は見る。

しかし、「俳聖」たる芭蕉自身は、その苛烈な求道精神において、むしろ俳人の歴史の中では例外者である。芭蕉から求道性を差し引けば「俳諧」だけが、やつしなど必要としない日常卑近の詩だけが残る。したがって、俳句における転向は「本卦還り」みたいなものにすぎない。それゆえ、思想的葛藤を要しない、時に自堕落にして無自覚な、緊張感のない、微温的な現象としてなし崩し的に生じ得る。

そういう中で、「軽み」を驚嘆すべき極限にまで徹底してみせたのが坪内稔典だった。

三月の甘納豆のうふふふふ　（『落花落日』一九八四年）
桜散るあなたも河馬になりなさい　（同）

松下カロは『女神たち 神馬たち 少女たち』所収の坪内稔典論「弱者の言葉」で、〈花冷えのイカリソースに恋慕せよ〉(『落花落日』)〈遠雪崩《とおなだれ》山本山の海苔が反り〉(同)などと商品名まで平然と詠みこむ坪内俳句をアンディ・ウォーホルのシルクスクリーン作品になぞらえてみせた。たしかに松下のいうとおり、そうした商品名のみならず、「甘納豆」や「河馬」でさえ、作者の固有の体験に内属する実在の対象というより、ウォーホルのマリリン・モンローやキャンベル・スープ缶に似た共有可能で複製可能で反復可能な「キャラクター」や「商標《ロゴ》」、つまりは「マス・イメージ」に近い。

そういう「作者の想念を経ない」素材を「誰にでも制作可能な方法で物質化した」ウォーホル作品においては、作者というものが「表現者」というより「編集者・構成者」ともいうべき機能性にまで抽象化する。同様に、坪内俳句においても、作者の「私性」が稀薄化する。もちろん、従来の前衛俳句も伝統俳句も、程度の差はあれ、「私性」の表現たらんとしてきたことに変わりない。このとき、坪内稔典は、求道者的重たさの対極の人、「無心」にして「無私」の戯れの人になる。

坪内俳句においては、吉本隆明の用語でいえば、対象を志向する指示表出性も表現の内圧に由来する自己表出性も、限りなくゼロに近づく。〈三月の甘納豆のうふふふふ〉にせよ〈桜散るあなたも河馬になりなさい〉にせよ、坪内俳句の俳味はユーモアというよりナンセンス(無意味、非意味)のおかしみを志向している。つまり、そこでは意味性さえもゼロに接近するのだ。このいわば「ゼロの句法」は、誰でも知っている複製イメージを指示対象とし、句の世界を囲い込む私性（自己表出性）の磁場を稀薄化することによって、同時代の広範な他者へと無際限に開かれた伝達性を、つまりは広告のキャッチコピーによく似た伝達性を、獲得するのである。

これを八〇年代以後における俳句のポップ化の最前衛だとみなしてよい。しかしまた、この最前衛は俳句が俳句ならざるものへと変質してしまう危うい臨界点で演じられる綱わたりでもある。観客（読者）はこの稀有な言葉の才人の超絶的な演技に喝采するが、うかつにまねはできない。ほんのすこし足を踏み外せば、たちまち作品はキャッチコピー的なものへと、あるいは「第二芸術」（桑原武夫）ならぬ「限界芸術」（鶴見俊輔）へと転落するだろう。

鶴見俊輔のいう「限界芸術」とは、プロ（専門家）がプロのために作る「純粋芸術」ともプロが文化産業を介して大衆のために作る「大衆芸術」とも違って、大衆の生活の中から生まれ大衆自身が制作し享受する芸術、プロ不在かつ不要の、ゆえに作者名さえ不要の、芸術である。（もっとも、昔も今も、俳句はその社会的存在形態の広大な裾野において「限界芸術」的である。桑原武夫は講談社学術文庫版『第二芸術』の一九七六年に書かれた「まえがき」で、鶴見の「限界芸術」概念の方が自ら提唱した「第二芸術」よりも俳句にふさわしいと認めた。）

だが、その坪内が、一九七六年の時点でなお、「文化は――というより、法・道徳・宗教・

言語規範などの意識は、ぼくたちの生活のなかで、いつも国家意志に刺し貫かれている。自然（季）や伝統に、また俳句形式に身をゆだねることは、ぼくたちが、その生活において、無意識のうちに国家意志にからめとられ、それに慣らされていることである。一見して平和で、安定してみえる時代こそ、ぼくたちがその感性の基盤を、国家意志に侵蝕される危険は強くなる。ぼくたちが自らの言葉を獲得するためには、ぼくたちの俳句の根拠を、国家意志とのあらがいに晒す以外にはない」（「形式と思想」『過渡の詩』所収）と書いていたことを忘れてはなるまい。思弁にも語彙や文体にも、六〇年代末ラディカリズムのにおいがするが、坪内がここで警告しているのは、結局は「アカルサハ、ホロビノ姿」だということにほかならない。

「国家意志とのあらがい」を強調する七〇年代までの坪内は、金子兜太的な社会性俳句ではなく高柳重信的な美学的前衛の立場に親近しつつも、実存的受苦の姿勢へと徹底して内向することで、逆説的に、社会（批判）性への通路を確保しようとしていたようなのだ。「甘納豆」や「河馬」は、そうした立場からの決定的な方向転換だったのである。

「甘納豆」の句の思い出を語って「その句を発表して私はずいぶん変わった」と書き出す『俳句のユーモア』第二章によれば、『サラダ記念日』が話題になったころ、三枝昂之から「俵万智は素顔のままでおもしろいわけだけど、坪内は懸命に厚化粧して演技しておもしろさを演じている」と評されたことがあったそうだ。「厚化粧には笑ってしまったが、彼のこの意見にはおおいに励まされた。たしかに私は、自分の感受性を柔らかくするためにかなり懸命に言葉の演技をしていたのだから」。

つまり、当初は「嬉しく生きている素振り」ならぬ「嬉しく生きているふり」、すなわち「演技」であって、イロニーとしての軽さ・明るさだった、というのである。ここに、いわゆる全共闘世代よりさらに年長だった坪内（一九四四年生）の屈折がある。しかもそれは、ただのうわべの演技でなく、「懸命」で真剣な態度変更の試みだったのだ。それ以後、『うふふふふ』と笑って演技する自在さを自分の生き方にするようにまでなってしまった」と坪内はつづける。だが、先行する坪内において演技が「自在」になり、仮面が素面と一つになった（ように見える）とき、後続世代においてイロニーの意識そのものが消滅するのは当然だったろう。

3 「衆の詩」——金子兜太の「転向宣言」

では、イロニーを拒みつづけた金子兜太はどうだったか。

金子兜太は「朝日新聞」一九七四年九月六日夕刊に「衆の詩」というエッセイを発表した。宇多喜代子のいう「昭和四〇年代」の最後の年であり、私が吉本隆明のひそかな転向告白とみなす詩「時間の博物館で」が書かれる前年である。兜太はまもなく満五十五歳、『種田山頭火

――漂泊の俳人』（講談社現代新書　以下『種田山頭火』と略記）を刊行した直後であり、日銀を定年退職する直前である。新聞紙上では、タイトル「衆の詩」の周辺に、「〈日常〉を見直す」「ゆたかな実感の源」「前衛句の成果と反省」といった見出しが並ぶ。これが、「前衛」兜太の公式の「転向宣言」だった。

兜太は晩年の子規の詠みぶりの「無造作」、「自然さ」への言及から始めて、ここ数年「日常と俳句の結びつきを、とくに即物的日常を大きく受け入れる方向で」考えてきたと述べ、その背景に「私自身も含めての前衛的営為の成果と反省」があったとつづける。

前衛句の成果は「マンネリズムを打破して、この伝統詩形を戦後の現実に投じた」ことだが、「その半面、最短定型にとっては過度な詩法を求め、ピントのずれた散文的要求を課したことも事実で、詩を非日常のものとする図式に執着しすぎたきらいもある。だから、日常総体はもちろん、即物的日常などはまったく軽視されて、そこから汲みとりうる豊かな実感と言葉を、地下に埋もれさせる状態になっていた」というのが、兜太自身による自己批判も含めての前衛俳句総括である。兜太もあらゆる七〇年代転向者たちと同じく日常回帰を始めるのだ。

それらの事情のなかで、〈衆の詩〉としての俳句の特性をおもわないわけにはゆかなかった。遍歴のあと「軽み」にいたった芭蕉晩年の思案の態をおもい、「荒凡夫」一茶の日常詠がもつ存在感の妙味にひかれたのも、そのためである。

こうして、「衆」に回帰し、「即物的日常」に定位する方向性は、一茶を理想とすることになる。一茶の句には「衆」としての存在の「美というより存在感」が「即物的日常から汲みあげられて、句の資質として定着していた」、よって、「〈衆の詩〉としての俳句は、ここに顕著な特徴を発揮すべきものなのだ」。

兜太の本格的な一茶論『小林一茶――〈漂鳥〉の俳人』が刊行されるのは一九八〇年だが、この「衆の詩」の時点で、彼はすでに「一茶覚え」(一九七三年)を発表していたので、一茶論の骨格は出来上がっていたとみなしてよい。

もちろん、「衆(大衆、民衆)」とは「前衛」ならぬ「後衛」の異名にほかならない。「前衛」から「後衛」の詩へ。ここにはイロニーのかけらもない。率直な総括を踏まえての実に公明正大な「転向宣言」だ。

七〇年代半ば、金子兜太の転向においても「大衆」と「日常」と「軽み」がキイワードだったのである。

この時期の「兜太用語」の解説も兼ねて、この「転向宣言」にいくつかの補足をしておこう。

金子兜太には自分の思想を厳密に突きつめて概念化しようとする志向があって（それは彼がただの一俳人にとどまらず独自の思想家だったことの徴である）、多くのユニークな「兜太用語」を作ったのだった。

第一に、彼が一茶に託していう「大衆」とは、共同体に自足し埋没した存在ではなく、「都会にもなじめず、土着者にもなれなかった」「個（孤）化衆庶」である。「個（孤）化衆庶」とは、一茶のことであると同時に、都市化現象の中で共同体の紐帯から切り離された七〇年代の大衆の様相でもある。解体しつつあった農山漁村においてもそうだったし、膨張する都市においても一見自足した市民の「嬉しく生きている素振り」の影の半面だった。

それと関連して「定住漂泊」という概念がある。

山頭火は行乞の放浪者だったし、江戸に出て俳諧師になった一茶も「漂鳥」のごとくあちこち「巡回」し歩く暮しだった。兜太自身は漂泊者ではないし大半の大衆も漂泊者ではないが、しかし、人は誰しも内心に、現在への異和と裏腹に、真の安らぎの場たる「原郷」への、常は漠とした、時にはうずくように熱い、憧憬を宿している。だから、人の身は定住しつつも意識は「原郷」を求めて現在を離脱し、漂泊するのだ。その意味で、漂泊は「反時代の、反状況の、あるいは反自己の、または我念貫徹の、定着を得ぬ魂の有り態《てい》」（「定住漂泊」一九七一年）である。この「魂の有り態《てい》」を日常の中に漠然と流してしまうのでなく、自覚的に「屹立」させることによって時代や状況に対する批判の視点を確保するのが、兜太のいう「定住漂泊」の精神である。

第二に、彼は「日常」というものを「即物的」日常と「志向的」日常の二重性で把握している。

即物的日常とは、「喜怒哀楽、愛憎哀歓の生臭さにみちた」「煩悩具足の、虚仮《こけ》不実の、軽賤の日常」(「衆の詩」)、つまりは肉体と情念に拘束された人間の暮しの基底部のことである。それと対比される志向的日常は、ある目的意識を把持して営まれる日々のことであって、「よく生きよう」とする素朴な倫理的態度から、労働運動や革命運動への「志向」までをも含む。つまり、彼がかつて、社会性俳句へのアンケートに、「態度」の問題だ、と答えたときのその「態度」である。

即物的日常が反復的であるのに対して、志向的日常は倫理的かつ向上的であろうとする。むろん、日常という総体の中で両者は交渉し合い干渉し合い浸透し合っているが、社会性俳句は主として「よく生きよう」とする倫理性を強調するあまり、即物的日常を「軽視」してきた。

しかし、即物的日常は、たんに物質性や肉体性に拘束された暮しではなく、つきつめれば、「純動物」としての人間の「純質」である。人間は文明化の過程で利便性とともに諸々の疎外を蓄積してきたが、それでも人間の基底になお生きているもの、すなわち人間という存在の根源が

「純動物」の「純質」である。したがって、「純質」に徹するなら、性を詠んでも猥褻にならないし糞便を詠んでも野卑にならないはずだ。兜太における疎外なきユートピアとしての「原郷」は、この「純動物」としての「純質」と切り離せない。（「原郷」や「純動物」は山頭火論で確証された兜太用語である。）

　即物的日常と志向的日常はまた、「存在者」と「求道者」という二種の人間類型とほぼ対応する。これは、「存在」という言葉を幾度も書きとめていた山頭火についての思索から形成された対比概念である。以下、『種田山頭火』の「あとがき」から摘記しつつ整理してみる（引用部の傍点はすべて原文）。

「存在者」とは「生きるべく生きている人間のことで、存在そのままの生きざま」「つまり、現象として経験に与えられているものに、そのまま執していく生きざま」を曝す者であって、大衆の日常的存在様態にほかならない。その生は「まことに生臭く泥くさい日常の連続」である。対して、「求道者」は「自分の定めたみちのために、自己を律し日常の余情を排して、経験を整序しつつ、実在にいたろうとするきびしさ」を生きる者であって、宗教者や革命者や理想に燃える政治家などの生である。

「しかし私は、存在者不在の求道者を不安におもうし、求道者の表現が、存在者的はみだしを拒絶しているかぎり、どこかに無理があるとおもう。求道者とともに、ときにはそれ以上に、存在者のはだかのすがたに執着するのである」と兜太は書く。山頭火の生は「求道者」と「存在者」の間で大きく振幅しつつ、「存在者の生粋の有り態《てい》を曝していた」、そこに山頭火の魅力の源泉がある、と。

第三に、詠み口において実践される無造作で自然な「軽み」も、一茶の「庶民のリズム」と通底するとともに、山頭火から摂取したものでもあった。「衆の詩」では山頭火に言及していないが、なにしろ山頭火は自在な無季自由律の実践者だったのだ。

『種田山頭火』には自由律そのものについての兜太の議論はない。もともと、季語も五七五の内在律も不要、俳句は十七音の最短定型律だ、というのが兜太の基本定義であり、しかも五七五を暴力的に内破させてきた兜太は、議論の要なく山頭火の自由律を容認していたようだ。

しかも、『種田山頭火』の末尾近く、兜太は、晩年の山頭火のリズムに関する思索のメモが、

「自由律――自然律――必然律」
「自由律――自然律――生命律」
「生命律――内在律――自然律」

と変化していることを指摘して、俳句形式への外形的顧慮を意味する「自由律」が消えて、次第に「生命律」が中心になってくることに注意を促し、「生命律と自然律が、内なるリズム（内在律）となって交響してゆくのである。『自然』に『生命』をぴったり合わせておこうとする

心意と読める」と述べる。いわば「こころの自然」そのままの表現、「人格」のおのずからの表出、無技巧の極致、「軽み」の極致、ということだ。

かつて「造型」を主張し「創る」ことを主張した兜太が、山頭火に寄り添いつつ、ついにここに至ったのである。これこそが金子兜太の決定的な「転向」である。

そして、同書の末尾、死の約一カ月前の山頭火の〈銭がない物がない歯がないひとり〉を、いささかくどい、「自然を装うて、自然ではなかった」、「生れた句」でなく「作つた句」だ、と斥けたのち、この長編論考を以下のように結ぶ。

春の山からころころ石ころ

「春の山」に生命律を、「ころころ石ころ」、そして「から」という軽いつなぎにも、自然律を感じる。読みかえすうちに、この「春の山」には、彼がそれに憑《つ》かれている〈原郷イメージ〉の艶めいた宿りがみえてきて、こういう生命《いのち》の艶《つや》と無邪気な音律につつまれた〈原郷〉こそ、いかにも山頭火らしいものとおもえてくる。彼がよく言う「愚」のさわやかさがあるのも、そのためかもしれない。

「自然」とは、そこで〈原郷〉に出会える場だったのだろう。〈絶対の無〉も「空」も、「存在」も、彼のことばのすべてが、そこに集ってゆくようだ。

山のしづけさは白い花

山頭火によれば、白光はすなわち「死の生」だった。その白光も、いまは山に抱かれて静まる。知のはからいも消えて、「愚」そのもののような「白い花」となって。

やがて死そのものがくる。

4 還相《げんそう》の兜太――山頭火と即吟性と「非知」

あらためて確認すれば、「大衆」と「日常」と「軽み」が兜太の「転向」の三要件だった。

しかし兜太の「大衆」は、現実には「個（孤）化」という疎外にさらされ、内面においては「原郷」に憧憬し、身も心も現在に自足できない存在である。そして、兜太の「日常」は、即物的日常とともになお志向的日常を失わない倫理的生存である。倫理性によって社会制度を批判したり改良へと実践的に踏み出せば社会性への志向になるのだし、即物的日常の核心部には反文明としての「原郷」憧憬と結びついた「純動物」の「純質」も潜んでいる。

だから、「大衆」と「日常」の二要件においては、兜太は「転向」以前も以後もさほど変わっていない。現に、日常を即物的位相で詠む、ということ自体は金子兜太がこれまでも実践してきたことだった。というより、人間というものを、ものを食い排泄し生殖するという生の基底的位相でとらえることこそ、むしろ兜太俳句の特質だった。むろん、一茶と同様、「美というより存在感」という姿勢も兜太のものだった。

したがって、金子兜太は、思想内容というより、詠み口としての「軽み」においてこそ変わったのである。句作の契機としては「創る」ことより即吟性即興性が重視され、表現としては用語やリズムの平明さが前面に出て、兜太俳句をその内容（社会性）でなくその表現性において「前衛」たらしめていた「造型性」が後退するのだ。併せて、超現実性をも厭わぬほどの思想的暗喩《メタファー》に結晶していたイメージ論が後退するのである。

むろん、理論と実践の間には多少の時差があるので、兜太の「軽み」は、句集『狡童』（七五年刊）に端緒を見せ『旅次抄録』（七七年刊）で明確になり『遊牧集』（八一年刊）で定着した、というのが私の観測である。

『遊牧集』から三句引く。重戦車のごとく対象をなぎ倒しねじ伏せてきたあの力瘤だらけの兜太俳句が到達した「軽み」である。ここにはやつしもイロニーもありはしない。語義矛盾を承知で書けば、実に堂々たる、正面突破の「軽み」の実践だ。

山国の椽の木大なり人影だよ
呼吸とはこんなに蜩を吸うことです
猪がきて空気を食べる春の峠

兜太自身は『両神』（九五年刊）の「あとがき」で、即興即吟性と造型性との関係を次のように述べている。

「即興即吟が多く」なった。「即興の句には、対象との生きた交感がある」。一方、「創る自分」を活動させて暗喩を形成する造型論は放棄したわけではなく、いまも「私の句作の基本」であって、ことに「推敲」過程で日常化している。そうやって、「造型とともに即興――二律背反ともいえるこの双方を、いつも念頭に置くようになっている。両刀使いである」。「そして、両刀使いでかなり気儘にやるうちに、俳句は、とどのつまりは自分そのもの、自分の有り態《てい》をそのまま曝すしかないものとおもい定めるようになっている」。

社会性をベースに表現性を高めていった兜太俳句が、その難解をもいとわぬ表現性をゆるめて造型性を後退させれば、社会性に潜在していたメッセージ性や大衆伝達性や主題性が前面に復活することになる。

たとえば、晩年の兜太は二〇一五年一月から、いとうせいこうとともに東京新聞「平和の俳句」の選者となった。「右傾化」を強める安倍晋三政権に対する危機感を背景に、読者から「平和」をモチーフにした俳句を募集して、選者が選んだ句を短いコメントを付して掲載するという企画である。いとうせいこうは『存在者　金子兜太』所収の鼎談で、文学的な「出来」にこだわる自分がためらっていたような句を兜太が平気で採るのに驚いた、と語っている。俳句には表現性や文学性よりも大事なものがある、という兜太の姿勢のあらわれである。文学性よりも大事なもの――それは大衆ひとりひとりの生活体験を踏まえた「述志」だったろう、と私は思う。権力の眼には「匹夫匹婦」にすぎない「衆庶」にも、各自奪うべからざる「志」はある、ということだ。おそらく兜太は、兜太流のやり方で、俳句を「後衛」たる大衆に返そうとしていたのである。

ともあれ、一九七〇年代後半、「前衛」兜太は「後衛」たる大衆の場へ降りて行こうとしていたのだった。

その意味で、金子兜太のこの折り返しを呼ぶのに、政治的変節を主たる含意とする「転向」という言葉はあまりふさわしくない。なにしろ彼は、九十五歳にして「平和の俳句」選者を引き受け、ためらわず「アベ政治を許さない」と揮毫した男である。

だから私は、むしろ「還相《げんそう》」という言葉を用いたい。

私はこの仏教用語を吉本隆明の『最後の親鸞』（一九八一年）で知った。仏が真理の悟達に向けて修行する過程を「往相」、悟達した仏が衆生済度のためにもどってくる過程を「還相」と呼ぶのだそうだ。吉本はこれを「前衛」たる知識人の課題に引き寄せてこう述べた。

〈知識〉にとって最後の課題は、頂きを極め、その頂きに人々を誘って蒙をひらくことではない。頂きを極め、その頂きから世界を見おろすことでもない。頂きを極め、そのまま寂かに〈非知〉に向って着地することができればというのが、おおよそ、どんな種類の〈知〉にとっても最後の課題である。（傍点原文）

金子兜太が『種田山頭火』末尾で、「こういう生命《いのち》の艶《つや》と無邪気な音律につつまれた〈原郷〉こそ、いかにも山頭火らしい」「彼がよく言う『愚』のさわやかさがある」「知のはからいも消えて、『愚』そのもののような『白い花』となって」などと書いていたことを思い出したい。自我に執し、求道に徹しきれず、「無」に至らんとして「無」に至れず、放下せんとして放下できず、酒を浴び、のたうちながら歩きまわった山頭火の、これが着地点だった、と兜太はいうのだ。兜太は、吉本隆明が親鸞の思想的歩みに見たものとほとんど同じものを山頭火の句作の歩みに見ていたのである。

そして、エッセイ「衆の詩」も、芭蕉の「高悟帰俗」という言葉を引いていた。「芭蕉は『高悟帰俗』の心意を留め金とした」と。高く悟って、その悟りを保持したまま俗に帰る――「高悟」が俳人の「往相」、「帰俗」が「還相」である。芭蕉も親鸞（吉本隆明）も金子兜太も、ほぼ同じ境地を志向している。

だからこれ以後、金子兜太は他の誰でもない金子兜太として、「頂きを極め、そのまま寂かに〈非知〉に向って着地する」という「最後の課題」に取り組むことになる。そして、その「還相」の兜太の内実を検討するのが本書の私の「最後の課題」になる。

六　還相《げんそう》兜太（二）——野生とユーモア

1 「太い」人、「野」の人――「アカルサハ、ホロビノ姿」か？

「兜太ＴＯＴＡ」第三号（二〇一九年三月発行）の「兜太俳壇」で、私は曽根新五郎氏の〈人も句も文字の太さも雲の峰〉を一席に推し、「兜太という名はないが、いかにも兜太だ。金子兜太は湧き立つ雲の峰のごとく太いのだ」と選評を書いた。

なるほど金子兜太は、句柄人柄ひっくるめて、太くてエネルギッシュだった。「アベ政治を許さない」の揮毫で広く認知されたあの書体と夏空にむくむく湧き立つ入道雲という具象の取り合わせもあざやかで、これはいわば一筆描きの兜太肖像。痛快な一句だ。

曽根氏は金子兜太の印象を「太」一文字に約《つづ》めてみせたのである。しかも「太」はその名「兜太」を構成する一文字。その太さが「兜」の戦闘性と結びつくとき、たとえば日銀での組合運動や俳壇での社会性運動の陣頭に立った彼に対して、「太い野郎だ」「太々しい奴だ」といった舌打ちの声が放たれることもあったろう。舌打ちが語気にこもれば「太い」は「太《ふて》え」になり、「い」と「え」の区別の苦手な私の郷里なら容易に訛って「ふてい」に変じる。権力にまつろわぬ「不逞」もまた秩父困民党の思想的血脈だ。

曽根氏に触発されて私も金子兜太を象徴する一文字を考えてみる。

もちろん「兜太」の「太」が似合うなら戦士のシンボルたる「兜」も似合うし、さらに、一茶由来の「荒凡夫」の「荒」、秩父に源流を発する暴れ川「荒川」の「荒」も捨てがたいが、総合的に兜太を象徴するのは、ことにも還相の兜太にふさわしいのは、「野」の一文字だろうというのが私の結論だ。

「野生」「野性」の野、「在野」の野である。「粗野」「野卑」「野趣」「野蛮」「野暮」「野人」「野良」……と並べることもできるし、「太」と組み合わせて「野太い人」といってもよい。それら一切の「野」の用法をひっくるめて、私の金子兜太は「野」の人である。

実際、還相の兜太は都会を詠むことがほとんどなくなった。日銀を定年退職して住居も秩父に近い熊谷に構えたことの自然ななりゆきだけとは思えない。まれに都会を詠むとき、次のような句になったからである。句集『皆之』(八六年)所収の三句である。

彼等の焚火大都会という猥語　(一九八一年)
恋人よ　嘘八百の彼ら街に　(一九八三年)
秋暮いまも街ゆく荒淫の民ら　(一九八四年)

ポストモダンが流行語となり、バブル景気の狂騒が始まりかけ、詩壇俳壇歌壇こぞって都会的なライト・ヴァースへと雪崩を打とうとしていた矢先のことだ。これはあからさまな反都市宣言、というよりほとんど都市嫌悪、都市憎悪の表明である。そして、「猥語」「恋人」「荒淫」と並ぶその嫌悪や憎悪の焦点は、とりわけ、都会の性的放縦さに向けて絞られている。大衆における都市的享楽の様相は、風俗的にはいつでも、性的享楽、すなわち性的モラルの放縦さとして表象されがちなのだ。

兜太の都市嫌悪・都市憎悪は特定の誰彼の特定の行為に対して限定的に向けられているのではない。「大都会」(という言葉)自体が「猥語」であり、「彼ら」一般が嘘つきであり、不特定の全員が無差別に「荒淫の民」なのである。したがってそれは、厳密には、現実の都市の実相というより、彼の思念の中に形成された表象としての「都会」および「都会人」なのだ、というべきだろう。彼らはすでに「秋暮」であることも知らずに「嬉しく生きている」。

それならここには、現代のバビロンと化したかに見える「超都市」(吉本隆明)に対する終末論的呪詛の響きさえ聴き取れそうだ。古代キリスト教の預言者たちによれば、バビロンは「大淫婦」(「ヨハネ黙示録」)であり、ソドムとゴモラは放縦な「淫行」「背倫の肉慾」ゆえに「永遠の火の刑罰」を受けた(「ユダの書」)のだった。

むろん、「無神」の人・金子兜太にキリスト教など似合わないし、宗教的禁欲のあげく怨恨《ルサンチマン》に歪んでしまった女性嫌悪も彼にはない。しかし、八〇年代の兜太において、やっぱり「アカルサハ、ホロビノ姿」なのである。

だから、八〇年代兜太の苛烈な都会憎悪は、端的に、都会が生産の場でなく消費の場になってしまったことに由来する、と思うしかない。そして、こういうときも、彼はたいていの俳人なら採用するだろうイロニー（風刺や皮肉や諧謔）に逃げたりしないのである。彼はあまりに率直なのだ。

金子兜太にとって、大衆は生活者であり、生活者はただの消費者でなく生産者であり労働者である。そういう各自の社会的存在様態を内省的に自覚するとき、私生活優先の彼らの意識に連帯感が生じ、連帯によって大衆は資本の横暴に対するささやかな抵抗体となる。だから大衆は、現実において日々の暮しを維持するための相互扶助的習慣を有し、可能性においてはより良き社会変革への「志向」の担い手として、倫理的存在であり得る。——こういう大衆像は、六〇年代の吉本隆明が提示した「大衆の原像」とも通底するものだったといってもよいが、いまやそういう大衆が消えつつあったのである。

かつて「自立」思想の拠点だった「大衆の原像」が現実的基盤を完全に喪失して「マス・イメージ」という虚像の中に吸収されてしまったことを認めた吉本隆明は、「アカルサ」を肯定する立場へといちはやく「転向」した。「転向」した吉本の観点からみれば、なお「ホロビノ姿」

にこだわる金子兜太の姿勢は倫理的反動にすぎなかったろう。

思えば、吉本隆明が「大衆の原像」を提示したと同じころ、金子兜太は社会派的前衛のマニフェストたる『今日の俳句』(一九六五刊)のサブタイトルに「古池の『わび』よりダムの感動へ」と掲げていたのだった。しかし、還相の兜太はもう、ダムもビルもクレーンも詠まなくなる。そういった近代重工業の産物の背後には労働運動の中核を担う第二次産業従事者たちがいたのだが、八〇年代都市はもはや物を造らない情報産業やサービス産業といった第三次産業の制覇する消費都市になっていたからである。

このとき、都会における性もまた、生殖という「生産」から切り離された「消費」的快楽になってしまう。「純動物」の「純質」から遠く隔てられた人工的な快楽だ。兜太にとって都会の性が猥らに映るのはそのせいにほかなるまい。

事実、金子兜太は「猥」なるものをそれ自体として忌避したことは一度もなかった。彼は前期から後期まで、往相から還相まで、「摩羅《まら》」も「女陰《ほと》」も平然と詠みつづけてきたのだった。

コートの木戸遠く鳴る摩羅がたつ白昼　(『金子兜太句集』一九六一年)
馬遠し藻で陰《ほと》あらう幼な妻　(『早春展墓』一九七四年)
祀られし男根女陰の初声や　(『東国抄』二〇〇一年)

裸身の妻の局部まで画き戦死せり　（『百年』二〇一九年）

以上は数ある摩羅句・女陰句のほんの一例にすぎない。そしてまた、日常のふるまいにおいても、興に乗れば昭和の初めに父・伊昔紅が主導して改良作詞した「秩父音頭」を朗々と歌い、さらに興がつのれば改良以前の「秩父盆唄」の猥褻な歌詞さえ歌ったのである。小市民的道徳観が「粗野」「野卑」「猥褻」「下品」とみなすあけすけな性的表現も、それが生活の実質に根差した生産・生殖と結びついている限り「健康」なのだ。摩羅も女陰も生き物としての人間の生命力の根源だからである。

二〇一九年九月、兜太の故郷・秩父の皆野町で開かれた「金子兜太百年祭」会場の投句箱に投じられた一句に、金子和美氏の〈女陰やら摩羅やら天の高きこと〉があった。まさしく「天の高きこと」、金子兜太の摩羅句も女陰句も突き抜けて晴朗だった。その健康にして晴朗な感覚は、兜太の思想においては、縄文的な――晩年の彼の「原郷」イメージといってもよかろう――豊穣多産の呪術や祝祭にまでさかのぼるだろう。

ともあれ、こうして金子兜太は都市から撤退する。どこへ。「自然」というものへ。だが、金子兜太の「自然」は花鳥諷詠的な自然とは一線を画している。

2 「自然」への撤退——実存性と社会性

私は前章で、金子兜太の公然たる「転向」(「還相」への折り返し)宣言として七四年のエッセイ「衆の詩」に焦点を当てたが、折り返しは六〇年代末から徐々に準備されていた。それは社会性俳句運動の総括に関わっている。

すでに六八年のエッセイ「社会性の行方」(「俳句研究」七月号)には、社会性俳句の大半はイデオロギー的傾向性や素材偏重に陥って、「花鳥がただ、社会の事象に、そしてイデオロギーなるものに変ったにすぎない」「素材の変更にすぎない」、結果として「そこに展開されたものは、社会諷詠であり新月並であった」という苦い認識が記されている。

自分が十三年前に「社会性は態度の問題である」と述べたのは、イデオロギーも素材も外的な観念や事象としてでなく、自己の生活と生き方において内的に咀嚼されていなければならないという意味だった。言い換えれば、理念化(観念化)された社会性ではなく「あるままの社会性」を内面で受け止めることが大事だということだ。「存在内的に社会が確証されないかぎり、社会についての形而上は空疎である」「あるままの社会性とは、そこに現われる存在意識である」「存在ということを、私はあの頃からしきりに考えるようになっていた」——と彼はつづける。

社会性も思想（観念）も「存在意識」の内奥に根を下ろさなければならない、というのだ。

以上は社会性俳句運動の現状に対して自分の立場を再確認したものだ。しかし、言葉は時代と社会の中にある。いわゆる学生反乱や新左翼運動が最高潮に達し、他方では三島由紀夫が「文化防衛論」や「反革命宣言」を執筆する一九六八年の発言なのだ。兜太は「存在」という言葉を特別な概念規定なしにふつうの日常語として使っているにすぎないが、「存在」は容易に実存主義と結びつく。マルクス主義か実存主義か、という戦後思想的な二者択一が、政治（革命）の季節の態度決定の指標として再浮上していた時期である。このエッセイに対しては、兜太が非政治的な「実存」の側へ撤退したものとみなしての批判が浴びせられたらしい。

そうした批判への反論から始まる翌六九年の長文のエッセイ「社会性と存在」（「俳句研究」九月号）では、タイトルに敢えて「存在」の一語を記し、この頃再び注目されていた一九五二年のカミュ＝サルトル論争にも言及している。（ちなみに、六九年十二月には『革命か反抗か――カミュ＝サルトル論争』が文庫化されている。）

とはいえ、このエッセイもあくまで俳句論なので、哲学論議や革命論議に深入りするわけではない。兜太にとって人間が社会的存在であることは疑いのない前提である。だから彼が、人間実存の置かれた不条理性の普遍性（超歴史性）を強調して孤絶しがちなカミュの人間観ではなく、存在と社会性との「止揚」可能性を探るサルトルの側に立つのは当然である。存在と社会性は並列的・対立的な関係でなく、むしろ縦深的関係、たとえるなら、社会性は樹木の幹、存在は根であって、「存在の根のうえに社会性という樹木を茂らせる」ことが大事なのだ、と兜太は述べる。

六〇年代末に兜太思想に浮上した「存在」は、次に山頭火用語としての「存在」に出会う。『種田山頭火』（一九七四年）で、山頭火の「私は存在の世界に還ってきた、Sein の世界にふたびたどりついた、それはサトリの世界ではない。むろんアキラメの世界でもない。（中略）それは実在の世界だ、存在が実在となるとき、その世界は彼の真実の世界だ」（傍点原文）を引いた兜太は、「悟りでも諦めでもない、存在の世界とは、生きているそのままの世界ということであろう」とつづける。山頭火の原文には大正期ドイツ観念論に仏教をまぶしたようなにおいがあるが、兜太はそこから不要な思弁性を払拭してしまうのだ。

この平明な定義が後年のアニミズムや「いきもの感覚」と結びついた兜太用語「存在者」へと引き継がれるのだが、六九年の「社会性と存在」で興味深いのは、人間という「存在」の基底に「自然」を見出して、次のように書いていることだ。

〈自然〉を人間の奥にみることによって、私は人間というものの〈おかしさ〉を知り、これが「滑稽」だとおもいはじめている。したがって、私の社会的主体性は、人間の喜劇を見定めつつ、なお人間の自由の可能性を求める方向にむかってすすみつつあるわけだ。〈おかしさ〉ゆえに、人間の存在のかなしさもあり、むなしさも募ろう。そして、私における伝統との接触は、このあたりにはじまる。（傍点原文）

なるほど兜太は社会性から自然へと撤退しつつあった。しかし彼は、実存主義的人間観ともつながる「存在」概念を媒介にして「自然」を発見したのである。

したがって、この「自然」はたんに「天然」としての自然ではなく、あくまで「あるままの」「存在意識」の基底に見出した人間的自然である。それが「おかしさ」「滑稽」さの源泉だ、と彼はいう。実存主義の概念である「不条理」の原語「absurde（仏）／absurd（英）」が「おかしさ」「ばかばかしさ」を意味することを思い出してもよいだろう。カミュの絶対糾問者的な実存の悲壮感・悲劇性は、ある心理的な操作をほどこせば滑稽感・喜劇性へと反転するのだ。「神」や「永遠」を思う人間がものを食い排泄し性交して生命をつなぐしかないことが悲劇であると同時に喜劇でもあるように。

だから、これが社会から「自然」に軸足を移したという意味で金子兜太の「伝統との接触」であるにしても、俳句がどっぷりと浸っているいわゆる「花鳥諷詠」的自然観とは一線を画すのだ。

3　一茶と兜太――「景色の罪人」から「原郷」へ

「自然」と「おかしさ（滑稽）」は金子兜太の一茶論の中心主題だった。また、凡愚のままの自由人という意味で還相の兜太が自称に用いた「荒凡夫」も一茶由来だし、小動物にも生き生きと感情移入するアニミズムや「ふたりごころ」も一茶論で確証されたキイワードだった。加えてなにより、彼は一茶に学びつつ（一茶をまねびつつ）俳句表現の軽み（平明さ）を獲得していったのだった。

並べてみれば、

富士たらたら流れるよ月白にめりこむよ　（『旅次抄録』一九七七年）

どどどどと螢袋に蟻騒ぐぞ　（『詩経国風』一九八五年）

牛蛙ぐわぐわ鳴くよぐわぐわ　（『皆之』一九八六年）

子馬が街を走っていたよ夜明けのこと　（『日常』二〇〇九年）

といった小児的ともいえそうな砕けた口語調やこれまた小児的語彙であるオノマトペの愛用は、

まずは山頭火由来であり、その上に重ねて、〈大螢ゆらり〳〵と通りけり〉〈雀の子そこのけ〳〵御馬が通る〉といった一茶俳諧のまねびの成果であったろう。かつての

きよお！と喚いてこの汽車はゆく新緑の夜中　（『少年』一九五五年）
涙なし蝶かんかんと触れ合いて　（『暗緑地誌』一九七二年）

などの刺激的で文脈異化的なオノマトペの用法に対して、オノマトペ自体がすっかり平明化している。

晩年の兜太はしきりに一茶を語った。彼は、一茶を通じて、一茶と自己との同一性と差異性を点検しつつ、後半生の自己および自己の俳句を新たに創りなおして行ったのである。それは晩年における自己再創造ともいうべき稀有な営みだった。

だが、私がまずこだわりたいのは別のことだ。

『小林一茶――〈漂鳥〉の俳人』（一九八〇年　以後『小林一茶』と略記）の冒頭ちかくに、「景色の罪人」という異様な言葉が出てくる。一茶が記したユニークな自己認識の言葉である。兜太はこんなふうにパラフレーズする。

「我《わが》たぐひは、目ありて狗《いぬ》にひとしく、耳ありても馬のごとく」だから、初雪が美しくても、「悪いものが降《ふる》」とおもってしまう。時鳥《ほととぎす》が鋭く鳴きすぎる初夏の夜の情緒を味わうどころか、「かしましく鳴《なく》とて憎《にく》」む。月や花が見事といわれても、ただ寝ころんでいるだけだ。つまり、景色に素直に感銘し、ものをおもう人間ではなくて、景色に関心が薄くいつもそれに逆っているような「景色の罪人」なのだ。「蓮《はす》の花虱《しらみ》を捨《すつ》るばかり也」なのだ。綺麗に咲いた蓮の花より、虱とりのほうに気をとられてしまう。花を眺めているより、虱をとることのほうが忙しい。

（傍点原文）

要するに、自分は景色の美に素直になじめない、自分は風流・風雅の落伍者だ、と一茶はいうのである。たしかに、「花より団子」どころか「花より虱とり」では「野暮」の骨頂「無粋」の極みというものだ。

一茶が「景色の罪人」たらざるを得なかったのは、兜太のいうとおり、故郷での少年時にも十五で江戸に出てからも、絶えず生活の辛酸をなめてきたからにほかなるまい。一茶においては、美的自然を前にしても生活上のもろもろの不快な記憶やらわずらわしい気づかいやらが先立ってしまうのである。

たとえば雪中暮しの難渋を知らぬ風狂の人・芭蕉は初雪に興じて〈君火をたけよきもの見せ

む雪まるげ〉と詠み〈いざさらば雪見にころぶ所迄《まで》〉と詠んだ。しかし「下下《げげ》の下国《げこく》」たる信州の貧しい山国で育った一茶は〈心からしなの〻雪に降られけり〉〈初雪をいま〱しいといふべ哉〉〈闇夜《やみのよ》のはつ雪らしやボンの凹《くぼ》〉である。被害感や迷惑感や不安や恐れまでがうっすらにじむ。

　オギュスタン・ベルク『風土の日本』によれば、風雅（風流）の美学は奈良から遷都して生産（労働）の現場である自然から疎遠になった平安貴族によって形成された。彼らは生活を顧慮することなく、自然を「風景」に変換し、純粋に美的鑑賞の対象にできた。同時に、記紀万葉には溢れていた食物もまた、平安朝の物語や和歌の世界では「まるでタブーにでもなったかに姿をひそめる」（塚本邦雄「花鳥の宴――定家饗応《あるじ》のこと」）のである。

　そうやって生活の実質から隔たることで和歌が蓄積洗練してきた美意識の伝統は、中世の連歌にあっては社会生活から下りた隠者が担い、近世の俳諧にあっては芭蕉が再興する。近代の俳句にあっても虚子の「客観写生」や「花鳥諷詠」がまた引き継ぐ。社会性は生活意識の中に受像するものだが、生活意識を不純物として除去してしまえば、まして「無粋」で「野暮」な社会性など入りこむ余地はない。

　『景色の罪人』の考えは、青年一茶に早くも芽生えていた反骨、いや、体験からうまれた一個の思想とみてもさしつかえないようにおもう」（『小林一茶』）。つまり、文化規範たる風流・

風雅に対する卑下を装った反骨思想の表現だ、と兜太はいう。

その通りだと私も思う。だが、それにしても、「罪人」とはただならぬ言葉だ。なにか過剰な心意を感じる。ならば、「景色の罪人」としての一茶の「違和的風土観」の根は、兜太が指摘するよりもっと深いかもしれない。

三歳で母を失い、継母に疎んじられ、長子でありながら十五歳で家を出された一茶には、そもそも「母なる」家郷の風土に抱擁された体験がなかったのではないか。もちろん一茶に亡母への思慕の思いは強かった。しかし、幼年期における母の喪失は、時に幼児の心にゆえなき罪障感を育てることがある。自分が「よい子」でなかったから母は姿を消したのではないか、という思い、意識上の母親思慕が意識下で反転した母殺しの罪障感である。幼児の内心で展開するその無意識の葛藤を劇化すれば、乱菊に浮かれて狐の正体をあらわした母親の姿を垣間見たせいで母に去られた「葛の葉（信田妻）」の童子丸にもなろう。

むろんこれは私の推測にすぎない。しかし、二百五十年前の幼年一茶にかぎらず、水も空気も金銭に換算する資本主義の乱流の中にあって、「嬉しく生きている」現代の我々もまた、多少なりとも自然破壊という母親殺しに加担する「罪人」であらざるを得ないのだ。

とりわけ金子兜太には、一茶の「景色の罪人」に身につまされる一面があったのではないかと思う。ただし、その原因は兜太の幼年体験や資質にまでさかのぼるものではない。実際、

白梅や老子無心の旅に住む
遅刻児に山羊鳴き鶏は首かしげ
裏口に線路が見える蚕飼かな

などと詠んでいた初期兜太に「罪人」の感覚などかけらもない。有名な

曼殊沙華どれも腹出し秩父の子

など、素朴天真な秩父讃歌にほかなるまい。

端的にいえば、金子兜太を「景色の罪人」に変えたのはトラック島での戦場体験である。しかし、トラック島での作品（すくなくとも、句集『少年』の「トラック島」の章に収録された作品）にそれがただちに現れているというのではない。体験が意識下で「意味」として熟成し、さらに表現のかたちにまでもたらされるには時差が必要なのだ。

墓地は焼跡蟬肉片のごと樹樹に　（『少年』）

酒井弘司『金子兜太の一〇〇句を読む』によれば初出は「寒雷」四八年十月号だそうだが、この「焼跡」のなまなましさは、もう一年早めて、トラック島での俘虜生活を経て帰還した翌一九四七年、久しぶりに体験した東京の夏の印象、と読みたくなるほどだ。戦後の風景のただなかに、戦時中の体験が、一般読者ならば空襲体験が、兜太自身ならば二章3節で紹介したあの手榴弾誤爆事件や「男根まで妙にハッキリとポーンと飛んで行く」爆撃体験が、不意にフラッシュバックしたようだ（我々はそういうフラッシュバック体験の記述に戦後文学のあちこちで出会う）。このとき、たしかに金子兜太は「景色の罪人」になったのだ、と私は思う。

自然は社会を包摂する、だから社会を遁れて自然の中で安心を得る、というのが花鳥諷詠の、また隠逸趣味の原理だが、その反面、風景というものは人間の技術《テクノロジー》によって改造された自然の呈する外観なのだし、自然の見方や意味づけは我々の意識のあり方によって変化し、意識のあり方は社会的文化的言語的歴史的構造によって規定されている。その意味では、意識が、すなわち社会が、自然を包摂している、ともいえるのである。

それは実際、「大東亜」各地の異貌の自然の中での惨禍を体験し、またおだやかな故郷の風景の中で空襲の炎に逃げ惑う体験もした戦後庶民が身をもって獲得したなまなましい認識だったはずだ。日本はサンゴ礁の島を艦隊の基地に変容させ、その島々は米軍の空襲で黒焦げになり、それでも椰子のジャングルには魚雷を隠していたのだ。

魚雷の丸胴蜥蜴這い廻りて去りぬ　『少年』

自然こそ高度化した技術《テクノロジー》とグローバル化した社会関係に包摂されているのであり、社会関係の変化は「景色」に対する人間の意識を変えるのである。

むろん、戦争の傷口をやがて瘡蓋がふさぐように、戦時下の体験は日々の生活意識の底に沈んでいく。だが、〈墓地は焼跡〉のような句を作ってしまった以上、表現者たる金子兜太はもう「罪」を知らぬ無垢な「少年」にはもどれまい。

実際彼は、以後、この異常感覚を論理と思想によって鍛えつづけていった。その極点に〈彎曲し火傷《かしょう》し爆心地のマラソン〉がある。金子兜太は、いわば自ら進んで、自覚的かつ意志的な「景色の罪人」へと自己改造していったのであり、その句を世人は「社会性俳句」と呼んだのである。「社会性俳句」においては「社会（人事）」のゆがみに強いられて風景が花鳥諷詠と確執するのだ。

前衛・兜太は、風景に対する、というより戦後になお安穏たる風流・風雅という支配的文化規範に対する「違和」を無理やり十七音詩型にねじ込んで、詰屈なリズムと強烈なイメージによって言葉そのものを軋ませるような句を作りつづけた。対する一茶は、当初から、兜太が「庶民のリズム」と呼ぶところの平明な「軽み」に載せて詠みつづけた。一茶の「おかしさ」「滑稽」はそこに由来する。そして、還相の兜太は、社会性からの撤退によって「違和的風土観」の縛りから解放され、また一茶的な「軽み」を取り込むことでユーモアと平明さを獲得していくのである。

風土になじめぬ一茶の「違和的風土観」は五十一歳になっての帰郷後も変わらず、「一茶は、ふるさとでも〈孤化〉していった」のだが、兜太はエッセイ「ある庶民考」（一九七七年）では、「一茶は、風土離脱的状態のとき、もっとも接風土的であった」と書いていた。「むしろ故郷を、はっきり異郷と見たときのほうが——自分を旅ごころにおき、故郷を客観視したときのほうが、景色をうたっても、懐かしいものが多い」と。

一茶に限らず、これは多くの文学者にとってありふれた事態だといってよい。表現者はつねに現在を離脱的に内観する志向とまなざしを保持していなければならないので、ただの「定住」はかえって周囲との確執の因になりやすいのだ。事実、日銀退職後の兜太は、一茶と違って故郷には帰還せず、秩父と東京のほぼ中間の熊谷で暮したのである。「定住漂泊」を唱えた彼は表現者と故郷とのあるべき距離感を承知していたのだ。

還相の兜太が故郷を詠むときにも、たしかに「懐かしいものが多い」。だが、故郷に住まなかった彼は、一茶のように生活まで含めて故郷を「客観視」したというより、むしろ生活の束縛から自由に故郷を「幻想視」したのである。後期の兜太の代表句と目されているのはそういう句だ。

谷間谷間に満作が咲く荒凡夫　『遊牧集』
猪が来て空気を食べる春の峠　『遊牧集』
おおかみに螢が一つ付いていた　『東国抄』

まさしく「原郷」秩父である。

「原郷」は山頭火論に発する兜太用語だが、「〈自然〉とか〈愛〉とか〈真〉とかいうものが、生地《きじ》で体感できる世界――かけ値なしの〈自然〉があり、まぎれもない〈愛〉が存在している世界」(『種田山頭火』傍点原文)というのが兜太自身の定義である。

最後まで強烈な社会意識を持ちつづけた兜太は、しかし、それとは別に、あるいはそれゆえに、故郷の山河を詠むときだけは、この「原郷」に浸りきることができた。むろん秩父の日本狼がとっくに死滅したように、この「原郷」は現実のどこにもない。しかし、「〈原郷〉は〈原経験〉のなかにあり、〈原郷イメージ〉として残る」(同)。「原郷」は「幻郷」なのである。だから、これは金子兜太の幼年がえりの世界だといってもよい。そして、幼児はみなアニミズム世界の住人だという意味も含めてアニミズム的世界であり、また、幼年と老年にのみ許された超俗・脱俗の世界でもある。

金子兜太がアニミズム感覚を「いきもの感覚」とも呼び「情(ふたりごころ)」とも称したのは、アニミズムの根底が、都市化が強いる孤絶意識(「ひとりごころ」——これはもともとは師・楸邨の愛用語だった)とは逆の、人間のみならず山川草木鳥獣虫魚いっさいの「いきもの」への感応(共感)能力だからである。

兜太は一茶の〈やれ打つな蠅が手を摺《す》り足をする〉〈雀の子そこのけ〳〵御馬が通る〉〈痩《やせ》蛙《がへる》まけるな一茶是《これ》ニ有《あり》〉などを引いて「一茶の身体の芯にあるアニミズム」(『小林一茶』)と書いた。しかし、一茶は弱者として自己規定した己れの分身性を投影できる小動物にしか共感できなかった。一茶は決して猪や狼には感応しなかったのである。その意味で一茶のアニミズムは限定的だった。また、アニミズムの基底に対象の人間化があるのはたしかにしても、一茶の句は感情移入や擬人法が露出しすぎている。

対して、兜太は、猪や狼のみならず、

冬眠の蝮のほかは寝息なし　（『皆之』）

のごとく毒蛇たる蝮にまでも感応し、しかも表現は即物的で、安易な擬人化になど頼らなかった。「身体の芯にあるアニミズム」とその表現において、一茶より兜太の方がよほど骨太だった。

4　イロニーとユーモア

兜太は『小林一茶』で、一茶のアニミズムが「素直に」流露するときユーモラスになる、と述べている。しかし、兜太自身が書いているとおり、一茶は化政期芸文の「イローニッシュな要素」――当時流行の滑稽本や落語、小咄、川柳、狂句、狂歌のごとく、現実に対する不満や批判を底に含みながら表面は軽く洒落のめす気分――の影響を強く受けていたうえに、境遇のせいもあって「すべてに異和感をおぼえ、自分にたいしてさえ皮肉っぽく振舞っていた」。つまり、一茶のユーモア（おかしさ、滑稽）はイロニー（皮肉、風刺）と紙一重のものだった。しかし、金子兜太はイロニーを、とりわけ風刺や皮肉としてのイロニーを拒むのである。

とはいえ、そもそもユーモアの定義が難しいのに加えて、第四章で論じたとおり、俳句の本質をイロニーとみなす説もある以上、ユーモアとイロニーとは、一茶ならずとも紙一重である。

たとえばフロイトはエッセイ「ユーモア」（一九二八年）で、ユーモアは「大人が子供に対するような態度」、「子供にとっては重大なものと見える利害や苦しみが、本当はたいしたものでないことを知って微笑している大人」（高橋義孝・池田紘一訳）の態度から発するのだ、と述べている。フロイト用語では、子供が「自我」、大人が「超自我」に当る。「超自我」は子供に社会のルールや掟を躾ける支配者にして保護者たる両親の権威が内面化されたもので、文化論的には一神教の「父なる神」に比定できる。「超自我がユーモアによって自我を慰め、それを苦悩から守ってやろうとする」のだ。フロイトは、月曜日に絞首台に引かれてゆく罪人が「ふん、今週も幸先がいいらしいぞ」とうそぶく場合を例に挙げる。このとき、罪人の「自我」が「超自我」の位置に移行して、子供である自分自身の恐怖をなだめ、迫りくる死という運命を冗談で笑いとばそうとしているのであって、だからユーモアには、ただのあきらめではなく現実に対する「反抗」が含まれている。

フロイトのいう死刑囚のユーモアは、日本では、刑場に引かれていく囚人が鼻歌を唄うという「引かれ者の小唄」に当る。ユーモア的態度ではあろうが、自嘲（自分自身の運命に対する皮肉）まじりの強がりともみえて、イロニーとやや紛らわしい。

実は、大人が子供に対するような態度、というフロイトの定義は、写生文の特色についての漱石の定義とそっくりである。フロイトの「ユーモア」より二十年ほど前に書かれたエッセイ

「写生文」（一九〇七年）で、漱石は、「写生文家の人事に対する態度」は「大人が小供を視るの態度」「両親が児童に対するの態度」だと述べている。子供は実によく泣くが、親は客観的に見てたいした問題でないことを知っているから、親の態度は「微笑を包む同情」になる。同様に、世事万端そういう態度で現実を見る写生文は「滑稽の分子を含んだ表現」になる。そこに「ゆとり」や「余裕」が生じる、というのだ。

漱石は「ユーモア」という言葉を使ってはいないし、漱石には「超自我」という抽象的概念もない。だが、これがすぐれたユーモア論であることはまちがいない。ユーモアにおける「超自我」の機能とは、結局、当事者たる自我を離れて事態を客観視させる機能なのである。しかも漱石は、（写生文の他の特色も含めてだが）「かくのごとき態度は全く俳句から脱化して来たものである」とまとめているのだ。

フロイトの死刑囚のユーモアや日本の「引かれ者の小唄」は、多少の補正を施せば、子規の〈糸瓜咲て痰のつまりし佛かな〉などに適用可能だろう。子規はこのとき、死者となった自分を死後の世界から見ている。究極の客観視である。この場合、「超自我」という一神教的超越者の役割を果たしているのは「自然」という観念だろう。「自然」が自己から離れて究極に引いた視点を可能にしたのだ。生死という人事上の大問題も自然の一現象として眺めるのは俳句（俳諧）の得意としたところだ。

フロイトの「超自我」はもともと子供に法を叩きこむ処罰者的性格が強いのだが、「超自我」を導入しない漱石の定義は親の愛情を前面に出しておだやかである。だからそれは、そのまま一茶の〈雀の子そこのけ〳〵御馬が通る〉などに適用可能だ。「雀の子」に対して一茶は、まさしく「大人が小供を視るの態度」「両親が児童に対するの態度」で接しており、「微笑を包む同情」が「滑稽の分子を含んだ表現」を生んでいる。

だが、フロイトの定義も漱石の定義も、イロニーとの区別が不明確だし、もっと直截で野趣に富む金子兜太のユーモアの核心部をとらえるには不十分だ、と感じる。

ユーモアとイロニーの区別をわかりやすく定義してくれているのは椎名麟三である。椎名が自己の回心体験として語る次のエピソードには、食と身体という要素があって、それだけでも兜太の世界に少し接近するだろう。

椎名麟三は一九五〇年末にキリスト教の洗礼を受けたが、期待していたような安心は訪れなかった。しかし、数カ月後のある日、「ルカ伝」のイエス復活のくだりを読んでいて、復活したイエスがおそれとまどう弟子たちに手足をさわらせたり焼魚を喰ってみせたりする場面にいたり、「強いショックを受け、自分の足元がぐらぐら揺れる」ように感じたという。

全く、あの復活したイエスが、生きているという事実を信じさせようとして、真剣な顔で焼魚をムシャムシャ食べて見せている姿は、実に滑稽である。だがその私にとっては、そのイエスにイエスの深い愛を感ずると同時に、神のユーモアを感ぜずにはおられなかったのである。

（『私の聖書物語』）

イエスの復活によって人間は死という絶対的な脅迫から解放された。このとき人間は、「一切のこわばりや痙攣からゆるめられて、ほっと安堵の吐息をもらしながら、人間らしくなることができる」と椎名はいう。ユーモアとは精神のこわばりをゆるめてくれるものだ。イエスは行為によって「神のユーモア」を実演してみせたのである。

これは極めてユニークな回心体験であり、受肉（内在）と精神（超越）をめぐる椎名独特の思弁へと展開するのだがそれは措く。問題はユーモアとイロニーの区別である。

椎名は別のエッセイ「キリスト教のユーモア」でこう述べている。「ユーモアというものが、人間の知性や悟性でとらえられるかぎり、それは滑稽であり、アイロニイであり、ばからしさであり、道化であって、ユーモアではない」。つまり、イロニーは知性を介して理解できるがユーモアは知的理解をこえる。

また、「ユーモアにおいては、愛が絶対的な前提条件なのである。（中略）愛がなければ、それはあの皮肉を意味するアイロニイに顚落する。それはユーモアらしいものではあるけど、ユーモアではない」ともいう。つまり、対象への愛の有無がユーモアとイロニーを区別する。たしかに、人間への愛なきままにイエスが自分の復活を弟子たちに誇示したのだとすれば、それは人間への嘲弄にすぎまい。

以上の椎名麟三の定義を、椎名のキリスト信仰に発する思弁は除外して、私は以下のように敷衍したい。

——「愛」としてのユーモアは対象との直接的同化（共感、感応）を促すが、「愛」なきイロニーは対象を斥けて間接化して距離を作る。距離を介するとき、対象認識に「知性や悟性」が発動する。というより、「知性や悟性」は対象と距離を作らなければ作動できないのだ。その意味でイロニーはウィット（機知）に似る。対して、知性を介さぬユーモアにはいわば「非知」が宿る。「非知」による理解とは語義矛盾に似るが、それが可能なのは対象があらかじめ「愛」によって受容されているからである。したがって、俳句という小詩型のユーモアは、一茶の場合がそうだったように、子供や小動物といった愛すべき「無心」の（すなわち「非知」の）対象において成功しやすいのだ。

たとえば坪内稔典は『俳句のユーモア』の末尾を「私たちの見方や感じ方のこわばりをちょっとほぐす。それが俳句のユーモアである」と、椎名麟三に似た定義で結んでいる。坪内は主として、二句一章形式の表現を例に、つながっていそうだがちょっと変だ、意味がありそうだがよくわからない、といった配合の微妙な脱臼感について述べていて、ユーモアとイロニーの区別は主題化していないが、ユーモアというものの根底に「ナンセンス（無意味、非意味）」すなわち「非知」が介在することの正当な指摘である。

5　野生とユーモア――糞句《まり》と笑いの俳諧（俳句）史

私は第三章で、「前衛」兜太を代表する、すなわち最も前衛らしい一句として〈無神の旅あかつき岬をマッチで燃し〉を挙げげた。最後に同じことをして締めくくろうと思う。還相の兜太を代表する一句は何か。

まず浮かぶのは『日常』（二〇〇九年）の次の句だ。

言霊の脊梁山脈のさくら

文芸の伝統では貴族のものだった「言霊」と「さくら」を脊梁山脈の山賤《やまがつ》・山人《やまびと》の手元に奪回したこの句は、句柄の大きさといい思想の骨太さといい、俳人・金子兜太を締めくくるにふさわしい。

あるいは、三章3節で紹介済みの〈梅咲いて庭中に青鮫が来ている〉(『遊牧集』)なども、超現実的イメージの鮮烈さにおいて捨てがたい。

しかし、ここは本論の文脈に即して、

大頭の黒蟻西行の野糞　(『旅次抄録』一九七七年)

を選びたい。

野育ちの「野」の人にふさわしい野良での野糞の句。野卑で野放図で即物的でおおらかで取り合せが突拍子もなくてユーモラスで、これが私の還相の兜太である。

早くも出征以前に〈木曽のなあ木曽の炭馬並び糞る〉(『少年』)があり晩年に〈長寿の母うんこのようにわれを産みぬ〉(『日常』)があるとおり、金子兜太は摩羅《まら》句や女陰《ほと》句のみならず「糞《まり》句」「尿《ばり》句」もいっぱい作った。その多数の糞句尿句の中でも白眉だろう。念のために確認しておくが、摩羅句も女陰句も糞句も尿句も、みんな、兜太用語でいえば「純動物」の「純質」に関わるのである。

既述(本章2節)のとおり、一九六九年、還相への折り返しを準備していた兜太は「〈自然〉

を人間の奥にみることによって、私は人間というものの〈おかしさ〉を知り、これが『滑稽』だとおもいはじめている」（「社会性と存在」）と書いていたのだった。人間に具わる「自然」とは何より身体のことにほかならない（付随して動物的「本能」があり身体による拘束度の強い「情念（感情）」がある）。そして、身体には精神によってコントロールできない不随意性がつきまとう。

『笑』におけるベルグソンの見解によれば、不随意な身体は精神なき動物のように、また惰性で動く自動機械のように、柔軟な対応力を失ってこわばっていて滑稽だから、こわばりをもみほぐして矯正するのが笑いの重要な社会的機能だ、ということになる。しかし、身体の無作法を笑うフランス・ブルジョワ社会のマナーだって相当こわばっているだろう、というのが金子兜太を論じる私の立場である。

ともあれ、生理現象が身体の不随意性の代表であり、排泄作用がその最たるものであることは間違いない。排泄において、人の身体は動物並みの、または自動機械並みの身体に格下げされるのだ。だが、復活したイエスだって焼魚を喰ったからにはいずれ排泄せねばなるまい。それは人間の悲劇なのか喜劇なのか。まったく、兜太ならずとも、「〈おかしさ〉ゆえに、人間の存在のかなしさもあり、むなしさも募ろう」というものだ。

しかし、俳句は俳諧の昔から糞句《まり》も尿句《ばり》も作りつづけてきた。糞尿を詠むか詠まないかが和歌（短歌）と俳諧（俳句）の素材における違いだといってよいほどだ。そもそも、近世俳諧の出発点に山崎宗鑑撰『新撰犬筑波集』（以下単に『犬筑波集』と記す）冒頭の次の一句（付合）があった。

霞の衣すそはぬれけり
佐保姫の春立ちながら尿《しと》をして

霞を衣に見立ててその裾が濡れているのはなぜか、という前句の問いかけに対して、春の女神たる佐保姫が立小便をして尿が彼女の衣の裾にかかったせいだ、と答える謎かけ問答式の機知の句だが、春の女神の立小便は神を人間化し身体化する。それは雅にして聖なるものに対する皮肉であり風刺であり滑稽化であり俗化であり格下げである。その意味で、機知に発するこの笑いは痛烈なイロニーの笑いである。いかにも俳諧の嚆矢とするにふさわしい。

だが、それだけだろうか。平安朝の和歌に初めてその名が登場して神話伝説をもたないというこの新来の女神は、いま肉体と生理現象を与えられてやっと、無数の子（島々や神々）を産んだあげく最後に産んだ我が子に女陰を焼かれて息絶えたイザナミや、目や口や尻から出した食物をスサノヲに饗応して怒ったスサノヲに斬り殺されても頭から目から耳から鼻から女陰から尻から作物を実らせたというオホゲツヒメなど、由緒正しいこの国の豊穣の女神たちの系譜に連なることができたのではないか。ならばこの句は格下げではなく、身体なき抽象観念にすぎなかった女神を「受肉」させた格上げの句であり、この笑いはイロニーの笑いではなく祝祭の哄笑ではないか。

下品は下品だが、すくなくとも、この句が和歌的伝統への大胆な民衆的身体性の投入、いわば「肉体の解放」であることはまちがいない。排泄は飲食と一対の生命維持行為であり、生命讃歌としての飲食の讃歌があり得るなら、排泄讃歌もあり得るはずである。

その意味で、かつて花田清輝が室町末期に日本ルネッサンスを見出したことなども思い出しつつ、十六世紀前半のこの一句をヨーロッパ・ルネッサンスの精神に比することもできそうだ。宗鑑とほぼ同時代人だったフランソワ・ラブレーのガルガンチュアやパンタグリュエルの物語がそうだったように、中世キリスト教下で禁圧されてきた「人間」の解放は、まず肉体の解放であり笑いの解放だったのだ。（映画化されて評判になったウンベルト・エーコの『薔薇の名前』が修道院における笑いの抑圧をモチーフの一つにしていたことなども思い出されよ。）そしてまた、ラブレーの巨人王たちの物語は、途方もない飲食の解放であり大量の糞尿の解放でもあったのである。

むろんラブレー的哄笑は、ミハイル・バフチンが「カーニバル的」と評したラブレーの奔流のような饒舌によって可能になったのであって、俳諧はそんな大きな哄笑を盛るにはいかにも小器だ。しかし、『犬筑波集』の全句を束にしてみれば、俳諧（俳諧連歌）もやっぱり卑俗なる身体の解放なのであり、またラブレーがラテン語でなくフランス語で書いたと同じく、雅語に対する俗語の解放であり、貴族的風雅に対する俗なる感性の解放であり、総じて庶民的な哄笑の解放だったのである。だからこの笑いは否定性によって人を刺す笑いでなく、人間の世俗性をそっくり肯定する笑いたり得る。

ところで、『犬筑波集』には〈内は赤くて外はまつ黒／知らねども女の持てる物に似て〉という句（付合）もあって、これなど兜太の父・伊昔紅による改良以前の「秩父盆唄」の「おめこひっくりけえしてなかよくみれば／なかはむらさきどどめいろ」に直結している。そして兜太は、「盆唄のほうは露呈的で、エネルギッシュだ。辟易はするが、不思議にいやな卑猥感がない。犬筑波のほうは、文飾のかげに、卑猥なくすぐりが覗いていて、いやだ。だいいち、この盆唄ぐらいに露呈的にぶっつけてゆかないと、山地農民の鬱屈は吹きとぶことはない」（「秩父山河」）と書いている。兜太は機知による思わせぶりな「くすぐり」が不満なのだ。

晩年の兜太に

野糞をこのみ放屁親しみ村医の父　『百年』

父の放屁に谷の河鹿の一と騒ぎ　（同）

がある。「卑猥なくすぐり」より「露呈的」な率直さを好む兜太の嗜好は父親譲りだったかもしれない。だとすれば、「村医」だったこの父親には、バフチンがラブレー論でいう「笑う医者」の面影がありそうだ。ラブレー自身も医者だったが、「笑う医者」は患者の身体を治療するだけでなく、硬化した魂をも笑いによってもみほぐして治療するのである。

しかし、俳諧誕生の初期にあったこの可能性としての哄笑は、やがてただの機知的な言葉遊びへと収縮し、狂句や川柳との棲み分けも始まって、近世俳諧から消えてゆく。

たとえば芭蕉の

蚤虱《のみしらみ》馬の尿《しと》する枕もと

は、近世の旅寝のリアルな実状描写として歌語「草枕」へのイロニー（批評）でありつつ、俗なる旅寝をおもしろがる風狂精神の「愛」もある。また、芭蕉の「軽み」の実作として知られる

鶯や餅に糞する縁のさき

は、一面で、鳴き声のみ愛でられてきた和歌的な鶯に対する格下げのイロニーの実践だが、鶯という小動物の「無心」の動作であることによってイロニーは辛辣にならず、肯定的なユーモアの一面を保っている。芭蕉は初期俳諧の無作法な笑いを愛（ユーモア）と批評（イロニー）が微妙に複合するおだやかな笑いへと転じたのである。

紅梅の落花燃《もゆ》らむ馬の糞　蕪村
大《だい》とこの糞ひりおはすかれの哉　同

さすが蕪村、〈紅梅の〉は美醜を強引に結合したグロテスクの美ともいうべきめずらしい一句だ。一方、人間の脱糞行為を直示した〈大とこの〉は、大徳（高僧）に対する格下げのイロニー性が前面に出てしまった。ベルグソンなら「精神的なものが本義となつてゐるのに、人物の肉体的なものに我々の注意を呼ぶ一切の出来事は滑稽である」（『笑』林達夫訳）というだろう。

僧正が野糞遊ばす日傘哉　　一茶
サホ姫のばりやこぼしてさく菫　　同

〈僧正が〉は蕪村の劣化したパロディにすぎないが、〈サホ姫の〉は一茶らしい。これも醜と美との配合だが、蕪村のような新奇の美学を狙ってはいない。佐保姫の立小便の尿《ばり》が思わぬ下肥《しもごえ》になって菫を咲かせた、というのが信州の百姓の出だった一茶の句の心だ。オホゲツヒメの屍体から穀物が化生するのにも似て、自然界の生死はこうして循環する。おかげで佐保姫も今度こそ正式に豊穣の女神の一員になれたわけだが、この句の笑いは知解によるウィット（機知）の笑いであって、そのためイロニー性を帯びてしまってユーモアのおおらかさが足りない。

近代になっても俳諧の精神は生きている。

現に初期の虚子は俳論集を『俳諧馬の糞』（一九〇六年刊）と題し、その自序に「唯《ただ》田舎馬車の駈けりながらひる馬の糞で、もし一本の菫でも土筆でもこの中から生えたら其《それ》が所謂望外の幸といふ事になる」と書いた。むろん俳諧師らしく戯文めかして卑下した口上だが、レトリックは一茶の「サホ姫のばり」と同じく、排泄物を養分としての植物の生育である。

以下、昭和期以後からたまたま目についた句をいくつか拾う。

まず、東京三《ひがし》（戦後の俳名は秋元不死男）の二句。

街を見て糞《くそ》まり寒き孵の子　　　　（『街』一九四〇年）

獄窓に飛雪大糞出でにけり　　　　（『瘤』一九五〇年）

東は新興俳句系だが、少年時の貧困体験もあってプロレタリア系に親近する位置にいた。〈街を見て〉は都市下層民の実景だろう。少年の寒々とした身体そのものが貶められ辱められているのだ。批判的リアリズムといってもよいが、むしろ、少年の貧寒な身体を五七五の詩形式にそっとくるんでやったようないたわりがある。〈獄窓に〉は新興俳句弾圧による入獄体験の回想句。雪の日の「大糞」は何とか生き延びているという生命感とつながっている。

なお、虐げられ辱められた身体はすぐれてプロレタリア文学的主題のはずだが、およそ千五百句は収録されている『プロレタリア短歌・俳句・川柳集』（「日本プロレタリア文学集」第四十巻）の俳句に尿句は皆無で糞句が六句だけ、と案外少ない。彼らのリアリズムがもっぱら描写に偏して、寓意性や象徴性やイメージ論といった表現性への関心を欠いていたせいだろう。馬糞三句を除いた糞句三句は

又凶作の表情になってきやがった山並をまえに糞たれてる　　　　（横山林二　一九三五年）

吹雪く日でも一里の町へ肥汲みに行く子　（三郎　一九三二年）

この埃っぽい街の糞を汲んで生活《いき》てる人達の暗がりのあいさつ

（すずきゆきひと　一九三五年）

〈吹雪く日でも〉と〈この埃っぽい〉は、糞尿汲取り業という最低部の視座から地方都市の構成をグロテスクな喜劇として描き出した火野葦平の芥川賞受賞作『糞尿譚』（一九三八年）に先立つ。とはいえ、やはりどちらも描写だけだ。

また、山畑祿郎「秋元不死男——牛の貫禄しづかなり」（『わが愛する俳人』第四集所収）によれば、「俳句研究」三八年九月号では、東京三と日野草城と渡辺白泉が火野葦平『麦と兵隊』を俳句化した競作を載せていて、そこには

青麦にいづれも赤き糞を置く　草城

戦場へ兵隊の糞赤し赤し　白泉

麦の穂を握り血便を地に落す　京三

が並んでいるという。いわゆる戦火想望俳句である。皇軍の兵士征くところ、こうしていたる

ところに野糞を残す。血便は兵隊の肉体の困苦の痕跡である。

東京三が治安維持法違反の嫌疑で検挙されたのは一九四一年だが、その前年に検挙された仁《に》智栄坊《ちえいぼう》に

文化都市に獨裁者の黒き脱糞

があることを堀本吟『京大俳句』の仁智栄坊」(『京大俳句』を読む会会報」第四号)で知った。「京大俳句」三九年十一月号の「獨裁者」連作中の一句。チャップリンの映画「独裁者」に刺激された連作だが、映画自体はヒトラー批判の内容ゆえに日独伊三国同盟を結んでいた日本では公開されなかったので、評判だけを聞いて創作したものらしい。社会的話題へのいちはやい反応ぶりといい、鋭角的な切り込み方といい、シュールでグロテスクなイメージの秀逸さといい、いかにも才気あふれるモダニストにふさわしい。権力に対する痛烈な風刺としての、まさしく「黒き」笑いである。

戦後ははしょるが、戦後間もない時期に、加藤楸邨の

蟾蜍《ひき》あるく糞量世にもたくましく　　(『山脈』一九五五年)

があって、私好みだ。この糞量は醜《しこ》なる小動物の生命力の旺盛さを示す。笑いの要素はないが、糞便に寄せる生命讃歌がここに復活した。

吾輩は象のうんこだ五月晴れ　坪内稔典（『猫の木』一九八七年）

楸邨の蟾蜍の八〇年代ヴァージョンとも読める。一人称「吾輩」で威張りかえっている巨人ならぬ巨獣の大糞塊はたしかにユーモラスで、旺盛な生命力に加えて晴れやかな祝祭感も復活した。とはいえ、これはやっぱり、当時の人気ギャグマンガ（アニメ）に登場した目や口を描かれたキャラクターとしての「うんこ」に近い。つまり、この「軽み」はサブカルチャー的で二次元的である。

6 「非知」とユーモア——二物遭遇の世界へ

さて、こうたどってきて再び兜太の句に戻る。

大頭の黒蟻西行の野糞

「西行の野糞」がいかにも俳諧だ。見方によっては「歌聖」西行に対する格下げ行為だが、作者は「人間」西行を前景化したのであって、前提に「愛」があるから嫌味にならない。西行は大徳でも高僧でもなかったかもしれないが、旅の歌僧として野糞の回数では人後に落ちなかったろう、などとも思う。なるほどこの野糞は堂々と「露呈的」でイロニーの介入する余地はない。

その堂々たる西行の糞塊に（あるいは野糞する西行に）「大頭の黒蟻」が遭遇する。音数配分も含めて、両者対等の、むしろ先に登場する黒蟻の方が主格の、遭遇である。黒蟻の体の小ささは「大頭」が補ってくれている。作者はただ両者を並べただけだが、何ともおかしくて笑いたくなる。

この遭遇におかしさを感じるとき、西行が「人間化」しているうえに、読者が無意識裡に黒蟻をもなにほどか「人間化」していることはたしかである。虫たちの世界では人糞など格別醜なるものではあるまいから。「固有の意味で人間的であるといふことを外にしてはをかしみのあるものはない」（ベルグソン『笑』傍点原文）のである。しかし、この人間化はあざとい擬人化にまでは至らない。擬人化してしまえば「大頭」が気になり、「頭でっかち（観念的）」といった寓意探しが始まるが、そんなありふれた寓意探しはたちまち破綻するだろう。

寓意探しはこの遭遇を意味上で必然化する試みだが、両者はたまたま遭遇しただけであって、偶然に意味はない。たまたま出会った「大頭の黒蟻」と「西行の野糞」——二物衝撃ならぬ「二物遭遇」の句といおうか、読者はただ、即物的に投げ出されたこの両者対等の遭遇を笑いながらそのまま受容するしかないのである。

だからこれは、知性を介さぬ「非知」のおかしさ（滑稽）である。実に即物的で野太いユーモアだ。その野太さにおいて、このユーモアは始原の哄笑への通路を失っていない。そして、この野太さによって、金子兜太の笑いは近代俳句史を跳び超えて、洗練される以前の俳諧的始原、その始原に潜んでいたエネルギッシュで野放図な民衆的生命につながるのである。それは彼のやっぱり野太いアニミズムが縄文的な野生と結合することで近代を超えようとしていたこととパラレルである。

かくして、「太い人」「野の人」は「笑う人」なのでもあった。

そして、この後、晩年に近づけば近づくほど、金子兜太は二者がただ出会うだけの、いわば「二物遭遇」の句を詠み始める。たとえば、

人間に狐ぶつかる春の谷　　　　（『詩經國風』）

鉄線花と鵜とぐんぐんと近づきたる　（同）
青葦原汗だくだくの鼠と会う　（『皆之』）
鴨と鯰萍あれば出会いけり　（『東国抄』）
おおかみに螢が一つ付いていた　（同）
人間と人間出会う初景色　（同）
山径の妊婦と出会う狐かな　（『百年』）
われ生きて猪の親子と出会うこと　（同）

人と人も、人と獣も、獣と獣も、獣と虫も、こうして出会いつづける。なぜ出会うのか、といえば、ただ、同じ世界に、同じ自然の中に、生きているからだ、としかいえまい。それ以上の意味はないのだ。それが金子兜太のアニミズムの世界である。

これらの遭遇句には、かつての兜太なら腐心したであろう造型性への配慮は見られない。ただ無造作に二物の遭遇が報告されているばかりだ。兜太の造型論はイメージ論でもあったが、そのイメージは過重なまでの意味を担った意味喩であった。造型への配慮の放棄は意味という負荷からの自己解放でもある。

中で最も世評高いのは、読者が意味付与しやすい〈おおかみに螢が一つ付いていた〉だろう。

これも小さな「一つ火」――まがまがしさとは反対の、むしろ漢字でなくひらがなであらかじめやわらげられた肉食獣の暴力性を癒すほのかな「一つ火」――だが、この狼と螢だって偶然に遭遇しただけかもしれないのである。現に、兜太の措辞はそっけなくて無造作で直截で、意味へと誘惑するそぶりがまるでない。狼に螢はただ「付いていた」のだ。

意味は人間世界のもの。生き物たちの関知するところではない。還相の兜太はこうして「非知」の心地よさへと着地しようとしていたようだ。

あとがき

本書は「兜太ＴＯＴＡ」一号から四号に連載した「前衛兜太」に大幅に加筆したものである。新型コロナウイルスのために逼塞を強いられる日々での仕事だった。

執筆に際しては、「外部」からの観点を大事にするよう努めた。私が俳句界の「内部」などまるで知らないせいでもあるが、案外これが本書の取得になっているかもしれない。

具体的には、ジャンルの特殊性（という名目）に閉じこもりがちな俳句を詩や短歌や小説といった文学全般の中でとらえ、俳人・金子兜太の歩みを戦後表現史や戦後精神史の中に位置づけることである。それは造型俳句論で金子兜太自身が志向したことだったし、また、こういう「外部」の観点に耐えられる俳人は金子兜太ぐらいだろうとも思う。

つまり私は、ふつうの文芸批評の方法で、一般の読者に向けて、書こうとしたのである。そのため、時にはかなり理詰めになったり、時には兜太からも俳句からも遠く離れたりして、いわゆる俳論や俳人論を読みなれた方には「野暮」と思われる書き方になった部分があるかもしれない。「野暮」とは「内部」の暗黙の作法を知らない者のふるまいを意味するのだから。

しかし、そもそも金子兜太は俳句や俳壇という狭い枠を大胆に踏み越えた存在だったのであり、閉じた小世界での「洗練」など意に介さず、現実世界の荒々しさへと開かれた「野暮」の方を好んだ人だったのだ。

ともあれ私は、戦中戦後を生き抜いて九十八歳の長寿を全うしたこの堂々たる「存在者」、俳句歴だけでも八十年に及ぶこの稀有な「表現者」の世界に、正面から、取り組んだつもりである。本書が俳句の「内部」の読者のみならず、「外部」の読者にも、広く読んでもらえれば幸いである。

私は以前、第一句集『天來の獨樂』に収めた短文で、「俳句が詩を羨望することとの必然性と俳句が詩になることとの不可能性とを、同時に知った」と書いた。それは前衛・富澤赤黄男についての感想だったが、加筆を終えたいま、同じことを思う。

金子兜太は俳句が「詩」になることとの可能性と不可能性を、「社会性俳句」から「前衛俳句」へと遮二無二表現の高度化を推し進めた「往相」（ほぼ一九七〇年代前半まで）と、大衆的な平明さへと、また「原郷＝幻郷」へと、還ろうとした「還相《げんそう》」（ほぼ一九七〇年代後半から）とに、振り分けて生きたのだ。しかも往相においても還相においても規格外の表現者として俳句を生きたのだ――と。

「現代」の表現者としてお前は「詩」を志向しなければならない、しかし俳句の作者としてお前は「詩」を志向してはならない――富澤赤黄男のように、金子兜太のように、我々もやはり、このダブル・バインドの声を聴きつつ各自の試みを続けるしかないようだ。

なお、言わずもがなのことながら、私自身は実作において金子兜太のあとを追うものではない。金子兜太は唯一無二。あとを追ったって無駄だ。私自身は晩年の兜太の野太いユーモアを感嘆しつつ遠望しながら、いまはむしろ、イロニー的屈折性と間テクスト的重層性の可能性につきたいと思っている。

最後に、黒田杏子さんに心からの感謝を。第一章に書いたとおり、なにしろ黒田さんに声をかけてもらわなければ金子さんにお目にかかることもなかったし「兜太 ＴＯＴＡ」の編集に携わることも金子兜太論を書くこともなかったのである。この奇縁のすべては黒田さんのおかげなのだ。しかも黒田さんからは「俳句を生きた表現者」という本書の副題ももらい、帯文までもらった。

そして、出版を快諾してくれた藤原書店社主・藤原良雄氏と、編集実務を担当して索引まで作ってくれた刈屋琢さんにも、感謝。

二〇二〇年十二月末

井口時男

本書引用金子兜太句索引

ら・わ 行

は 行

ま 行

や 行

人名索引

実在の人物を採り，姓名の五十音順に配列した。

金子兜太氏（左）と著者
（2017 年 12 月 13 日、金子氏自宅にて。撮影・黒田勝雄氏）

著者紹介

井口時男（いぐち・ときお）

1953年新潟県生。文芸批評家、俳人。

1977年東北大学文学部卒。神奈川県の高校教員を経て1990年から年東京工業大学教員。2011年3月、東京工業大学大学院教授を退職。

1983年「物語の身体——中上健次論」で「群像」新人文学賞評論部門受賞。以後、文芸批評家として活動。

文芸批評の著書に、『物語論／破局論』（論創社、1987年、第1回三島由紀夫賞候補）、『悪文の初志』（講談社、1993年、第22回平林たい子文学賞受賞）、『柳田国男と近代文学』（講談社、1996年、第8回伊藤整文学賞受賞）、『批評の誕生／批評の死』（講談社、2001年）、『危機と闘争——大江健三郎と中上健次』（作品社、2004年）、『暴力的な現在』（作品社、2006年）、『少年殺人者考』（講談社、2011年）、『永山則夫の罪と罰』（コールサック社、2017年）、『蓮田善明　戦争と文学』（論創社、2019年、第70回芸術選奨文部科学大臣賞受賞）、『大洪水の後で——現代文学三十年』（深夜叢書社、2019年）など。句集に『天來の獨樂』（2015年）『をどり字』（2018年、共に深夜叢書社）がある。

金子兜太《かねことうた》——俳句《はいく》を生《い》きた表現者《ひょうげんしゃ》

2021年1月30日　初版第1刷発行©

著　者　井　口　時　男
発行者　藤　原　良　雄
発行所　株式会社　藤　原　書　店

〒162-0041　東京都新宿区早稲田鶴巻町523
電　話　03（5272）0301
FAX　03（5272）0450
振　替　00160 - 4 - 17013
info@fujiwara-shoten.co.jp

印刷・製本　中央精版印刷

落丁本・乱丁本はお取替えいたします
定価はカバーに表示してあります

Printed in Japan
ISBN978-4-86578-298-1

雑誌

兜太 Tota

戦後俳句界の重要な現場に常に立ち会ってきた金子兜太氏。その精神と肉体の融合が結晶する「存在者」の思想を継承し、俳句界を超えて広く文芸・文化・思想関係の方々の参加による「総合誌」。全4号。

〈編集主幹〉黒田杏子　〈編集長〉筑紫磐井　〈名誉顧問〉金子兜太
〈編集委員〉井口時男／坂本宮尾／橋本榮治／横澤放川／藤原良雄
〈編集顧問〉瀬戸内寂聴／ドナルド・キーン／芳賀徹／藤原作弥
写真＝黒田勝雄　カット＝池内紀・中原道夫

「私が俳句」と言い切ったその生涯

兜太 *Vol.1*　〈特集〉**一九一九　私が俳句**

創刊の辞　黒田杏子／筑紫磐井
瀬戸内寂聴／ドナルド・キーン／芳賀徹／藤原作弥
兜太の句、兜太のことば
兜太レクイエム　佐佐木幸綱／関悦史／長谷川櫂／宮坂静生／金子眞土
兜太追悼歌仙　爆心地の巻
宮坂静生・黒田杏花(杏子)・長谷川櫂
金子兜太氏　生インタビュー（1）
〈聞き手〉黒田杏子・井口時男・坂本宮尾・筑紫磐井
〈寄稿〉筑紫磐井／井口時男／下重暁子／藤原作弥／澤地久枝／橋本榮治／横澤放川／中嶋鬼谷／坂本宮尾／高山れおな／夏井いつき／窪島誠一郎／A・フリードマン　中野利子訳／マブソン青眼／伊東乾／宮崎斗士

A5並製　二〇〇頁　**二二〇〇円**　**カラー口絵八頁**
（二〇一八年九月刊）
◇978-4-86578-190-8

「存在者」九八年の秘訣

兜太 *Vol.2*　〈特集〉**現役大往生**

〈寄稿〉金子兜太／瀬戸内寂聴／小泉武夫／黒田杏子／宮坂静生／坂本宮尾／橋本榮治／横澤放川／夏井いつき
金子兜太氏　生インタビュー（2）
〈聞き手〉黒田杏子・井口時男・坂本宮尾・筑紫磐井
〈創刊記念イベント〉
1　兜太を語り　TOTAと生きる
芳賀徹／下重暁子／上野千鶴子／いとうせいこう／黒田杏子／河邑厚徳／マブソン青眼／細谷亮太／神野紗希／宮坂静生／澤地久枝／加古陽治／西村我尼吾
2　兜太と未来俳句のための研究フォーラム
筑紫磐井／木村聡雄／高山れおな／関悦史／柳生正名／江田浩司／福田若之
寄稿論文　筑紫磐井／井口時男
兜太俳壇
兜太百句（自筆）

A5並製　一九二頁　**一八〇〇円**　**カラー口絵八頁**
（二〇一九年三月刊）
◇978-4-86578-216-5

生誕百年！　世界のなかの「俳句」とは

兜太 *Vol.3*　〈特集〉**キーンと兜太　――俳句の国際性**

〈寄稿〉キーン誠己／いせひでこ／ジャニーン・バイチマン／福島泰樹／古川日出男／細谷亮太／吉田眞理／黒田杏子／橋本榮治／坂本宮尾
〈鼎談〉金子兜太＋ドナルド・キーン＋キーン誠己
〈講演〉ドナルド・キーン
キーンさんの訳した「平和の俳句」
〈フォーラム〉木内徹＋董振華＋堀田季何＋木村聡雄
金子兜太一周忌
〈座談会〉嵐山光三郎＋黒田杏子＋下重暁子＋河邑厚徳
金子兜太氏　生インタビュー（3）
〈聞き手〉横澤放川／黒田杏子ほか　筑紫磐井編
〈寄稿〉藤原作弥
「海程」創刊と兜太　筑紫磐井編／酒井弘司／関悦史
連載　井口時男／横澤放川
兜太俳壇

A5並製　二〇〇頁　**一八〇〇円**　**カラー口絵八頁**
（二〇一九年九月刊）
◇978-4-86578-240-0

伝統俳句、前衛俳句の両雄を対比

兜太 *Vol.4*　〈特集〉**龍太と兜太　――戦後俳句の総括**

〈寄稿〉筑紫磐井／飯田秀實／宮坂静生／黒田杏子／井上康明／宇多喜代子／下重暁子／対馬康子／仁平勝／三枝昂之／舘野豊／髙柳克弘／岸本尚毅／渡辺誠一郎／高山れおな／中岡毅雄／髙田正子／田中亜美
金子兜太・飯田龍太　対照年譜(1919-2019)
金子兜太百年祭　in　皆野町
河邑厚徳／堀之内長一／坂本宮尾／井口時男／中村和弘／筑紫磐井／横澤放川／対馬康子／橋本榮治／金子眞土／宇多喜代子／加古陽治／黒田杏子(司会)［付］出張「兜太俳壇」in皆野町
金子兜太氏　生インタビュー（4）
〈寄稿〉坂本宮尾　〈連載〉井口時男／横澤放川
兜太俳壇

A5並製　二〇八頁　**一八〇〇円**　**カラー口絵八頁**
（二〇二〇年三月刊）
◇978-4-86578-262-2